Walter Helmut Fritz · Die Verwechslung

Walter Helmut Fritz, der 1929 im Nordschwarzwald geboren wurde, lebt seit 1940 in Karlsruhe. Nach dem Studium der Literatur und Philosophie war er bis 1964 Lehrer, seither freier Schriftsteller und Universitätsdozent. Zuletzt erschienen im Hoffmann und Campe Verlag die Bände „Schwierige Überfahrt" „Wunschtraum – Alptraum" und 1985 der Roman „Cornelias Traum". Fritz erhielt für seine Prosa und Lyrik zahlreiche Auszeichnungen und Preise.

„Die Verwechslung" war seit langen Jahren vergriffen. Der Karlsruher Lyriker und Romancier, Walter Helmut Fritz, hat nun dieses Werk großzügigerweise der Literarischen Gesellschaft zur Wiederveröffentlichung überlassen. Ein Kenner des gesamten Werks des Dichters, Prof. Dr. Karl Foldenauer, schrieb aus diesem Anlaß einen Essay, den Sie, lieber Leser, in diesem Band als Nachwort finden.

Im Namen der Literarischen Gesellschaft danke ich beiden Autoren herzlich für ihre Liebenswürdigkeit, ihren Einsatz und ihre Verbundenheit mit der Literarischen Gesellschaft.

Beatrice Steiner

Walter Helmut Fritz

Die Verwechslung

Roman

Mit einem Nachwort von Karl Foldenauer

Herausgegeben von der Literarischen Gesellschaft
(Scheffelbund), Karlsruhe

Von Walter Helmut Fritz sind bisher erschienen:

Achtsam sein, Gedichte, 1956
Bild und Zeichen, Gedichte, 1958
Veränderte Jahre, Gedichte, 1963
Umwege, Prosa, 1964
Gedichte, (Auswahl), 1964
Treibholz, Gedichte, 1964
Grenzland, Gedichte, 1964
Zwischenbemerkung, Prosa, 1964
Abweichung, Roman, 1965
Die Zuverlässigkeit der Unruhe, Gedichte, 1966
Bemerkungen zu einer Gegend, Prosa, 1969
Die Verwechslung, Roman, 1970
Die Besucher, Schauspiel, 1971
Teilstrecken, (Jahresgabe 1971)
Aus der Nähe, Gedichte, 1972
Die Beschaffenheit solcher Tage, Roman, 1972
Bevor uns Hören und Sehen vergeht, Roman, 1975
Kein Alibi, Gedichte, 1975
Schwierige Überfahrt, Gedichte, 1976
Sehnsucht, Gedichte und Prosagedichte, 1978
Gesammelte Gedichte, 1979
Auch jetzt und morgen, Gedichte, 1979
Wer hat sich nicht getäuscht?, 1980
Wunschtraum – Alptraum, Gedichte und Prosagedichte, 1981
Werkzeuge der Freiheit, Gedichte, 1983
Cornelias Traum, Roman, 1985

Hörspiele, Essays, Übertragungen aus dem Französischen
(Bousquet, Follain, Jaccottet, Ménard, Vigée)

Umschlag nach einem Gemälde von Jacob Steiner
2. Auflage

Gesamtherstellung: von Loeper Verlag GmbH, Karlsruhe
Printed in Germany 1985
ISBN 3-88652-058-7

reit einläßt, das ganze literarische Werk als eine einzige große Aufzeichnung zu verstehen, die um mögliche Humanität, erwachsen aus Erkenntnis und Klarheit, in unserer Welt wirbt und dieses Ziel für erreichbar hält. Hier schreibt ein Dichter, der allen Bedrängnissen und allen Bedrohungen eine engagierte Gelassenheit entgegenstellt, der sich um eine zeitgemäße ästhetische Strukturierung und poetologische Grundlegung seines Werkes bemüht, das dadurch eine „neue Dringlichkeit bekommt, weil es den heillosen Zustand der Welt mit wachsender Deutlichkeit ins Bewußtsein bringt", wie W. H. Fritz einmal schrieb. Ist dies nicht eine Dichtung, die unserer Zeit gerecht wird und in ihr Gehör und Rang beanspruchen kann?

Karl Foldenauer

Die Verwechslungen hörten nicht auf.

ALBERTO GIACOMETTI

I

Er ist da, er ist nicht da. Sie weiß schon nach einigen Augenblicken nicht mehr, was stimmt.
Sie ist im Café, hat sich so gesetzt, daß sie durch die offene Tür auf die Straße sehen kann. Vor einigen Tagen ist sie mit Robert dagewesen.
Er ist heute schon früh ins Institut gegangen. Eine Stunde früher als gewöhnlich. Diese langen Versuchsreihen, von denen er manchmal erzählt, diese unablässigen Beobachtungen.
Aber je genauer man hinsehe, desto mehr ziehe sich das, was man beobachte, zurück, sagte er schon einige Male. Das beschäftige ihn seit Jahren stärker als vieles andere.

Zu Hause, gegen Abend. Sie leert einen Aschenbecher, entfernt aus einer Vase am Fenster ein paar verblühte Tulpen, rückt im Flur den Fußabstreifer zurecht.
Als sie nach der Uhr sieht, geschieht es mehr aus Gewohnheit als aus Ungeduld.
In der Küche schneidet sie noch einige Scheiben Brot.
Sie steht am Fenster. An den Mauern der Häuser bewe-

gen sich Menschen entlang, bewegen sich daran vorbei. Sie bewegen die Arme. Manche scheinen die Arme an dieser Bewegung hindern zu wollen.
Sie sieht einem Lieferwagen nach, der Eisenstangen geladen hat. Ein großer Mann mit zu kleinem Kopf geht vorüber. Zwei Mädchen nähern sich, bleiben stehen, weil das, was sie miteinander sprechen, sie wohl so beschäftigt, daß sie nicht ans Weitergehen denken.
Der Platz, an dem Robert gewöhnlich hält, ist frei.
Es ist gleich sieben. Um sechs kommt er sonst zurück. Wenn er sich einmal verspätet, was selten vorkommt, ruft er rechtzeitig an, damit sie Bescheid weiß.
Sie läutet bei der Nachbarin und bittet sie um Streichhölzer, läßt sich gern aufhalten, sagt mehrere Male, sie habe noch zu tun, ihr Mann komme gleich, und ist doch froh, wenn die Frau (immer trägt sie Halsketten aus blauen Perlen) noch einmal zu reden beginnt.
Die beiden Hochhäuser in der Straße sehen aus wie Aquarien. Die Fenster leuchten grün. Das Auge gleitet daran ab.

Er wird im Institut sein, zwischen Trägern aus Glas und Quarz, Kupferkesseln und Mikroskopen, Nährlösungen, Wattefiltern.
Er ist sicher noch dort.
Sie tut es nicht gern, sie will ihre Unruhe nicht zeigen. Aber sie überwindet ihr Zögern; fürchtet, da der Apparat in der fernen Wohnung mehrere Male läutet, ohne daß jemand abhebt, daß niemand zu Hause sei; ist erleichtert, als sie die ihr vertraute Stimme hört.

Sie solle sich keine Sorgen machen, sagt Klaus, dazu sei kein Grund, sicher würde Robert bald kommen, wahrscheinlich sei er gerade unterwegs.

— Es ist seit Monaten nicht vorgekommen. Ist dir nichts aufgefallen, war er überhaupt im Institut?

— Natürlich.

— Hast du mit ihm gesprochen?

— Wir haben sogar einiges miteinander präpariert für die nächsten Versuche.

— Hat er so lange wie sonst gearbeitet?

— Ich weiß es nicht, weil ich nachmittags nur kurz hier war.

— Siehst du ... Was soll ich tun?

— Er wird bestimmt kommen.

— Aber für den Fall —

— Ruf mich bitte gleich an, wenn er da ist.

Der Abend des nächsten Tages. Sie läßt die Tür zum Flur offen, um nicht zu überhören, wenn es läuten würde. Obwohl sie sich dagegen wehrt, stellt sie sich Robert in einer Schlucht liegend vor, tot, eingekeilt in die Trümmer seines Wagens. Er ist, wer weiß warum, abends in die Berge gefahren, ist an einer unübersichtlichen Stelle von der Straße abgekommen und mit seinem Wagen den ziemlich steilen Hang hinuntergestürzt. Obwohl er im allgemeinen vorsichtig gefahren ist, hat es Augenblicke gegeben, in denen er abwesend und leichtsinnig war, vor Kurven die Geschwindigkeit nicht genügend verminderte oder das Lenkrad nur mit zwei Fingern hielt. Die Straße ist dort, wo er die Herrschaft über seinen

Wagen verloren hat, nicht abgesichert. Er ist lange gefahren, hat kein Zimmer gefunden, hat sich vorgenommen, bis zur nächsten größeren Stadt, die noch hundertzwanzig Kilometer entfernt ist, weiterzufahren, hat wieder nicht damit gerechnet, daß er abends zu rasch müde wird. Er ist abgestürzt zu einem Zeitpunkt, da die Straße frei war, niemand den Vorgang hat sehen können. Es darf nicht sein.
Aber warum bleibt er weg, ohne ihr etwas zu sagen. Sie spürt in sich eine Empörung, die sie verwundert angesichts dessen, was sie eben noch gedacht hat.
Sie sitzt an ihrem Tisch, das Gesicht in die Hände gestützt, bedeckt von den Händen, die Augen geschlossen. Sie würde von der Müdigkeit ausgelöscht werden.
Ihr Puls wird regelmäßiger. Aber sie kann sich jetzt nicht schlafen legen. Sie muß zumindest warten, bis Robert da ist.
In der Wohnung über ihr hört sie einen kurzen, heftigen Wortwechsel.
Sie nimmt die Hände vom Gesicht, öffnet die Augen, lehnt sich zurück. Die Augen schmerzen, von der Müdigkeit und vom Licht der Tischlampe.
Ein Flugzeug. Es muß, dem Geräusch nach zu schließen, eine ältere Maschine sein, die möglicherweise auf dem zu schmalen Flugplatz landen würde, auf dem es keinen regelmäßigen Flugverkehr mehr gibt, auf dem nur ein paar Übungsmaschinen stationiert sind. Ein Flugplatz aus der Zeit vor dem Krieg, mit zu kurzen Rollbahnen.
Sie dreht den Schirm der Stehlampe zur Seite, damit die Augen im Schatten sind.

In der Küche trinkt sie kalten Tee, ißt Schokolade, trinkt noch einmal Tee, um die Süßigkeit nicht mehr zu schmecken.
Es ist so still, daß sie gespannt auf ihre Schritte hört.
Sie will zum Fenster gehen, unterläßt es. Sie möchte nicht warten.
Sie steht im Zimmer.
Dreht das Radio an, wieder ab.
Wo kann er sein.
Sie nimmt ein Kissen, legt es gegen die Sessellehne, den Kopf dagegen, schließt die Augen, spürt, daß sie brennen.

Sie ist bei der Kriminalpolizei, sagt dem Mann, was los ist, fragt ihn, ob man nicht etwas unternehmen könne.
— Nein, leider nicht.
— Aber —
— Nach einem erwachsenen Menschen, der weggeht, dürfen wir nicht suchen.
— Denken Sie doch daran, daß —
— Es sei denn, es läge der begründete Verdacht auf ein Verbrechen oder auf Selbstmord vor. Halten Sie Selbstmord für möglich?
— Ich kann es mir nicht denken. Aber man kann doch jemanden nicht einfach fortgehen lassen. Kommt so etwas oft vor?
— Fast täglich. Manchmal kommen die Leute nach einiger Zeit wieder zurück, manchmal schreiben sie von unterwegs, aber es gibt auch genügend Fälle, bei denen sich jede Spur verliert.

Ihre linke Schulter schmerzt, der Nacken. Ihr Kopf ist zur Seite gesunken. Der Druck hinter den Augen, der Stirn, hat sich verstärkt. Sie bleibt regungslos sitzen, noch lange. Sie ist versucht, vor sich hinzusprechen, warum kommst du denn nicht.
Aber die Worte würden zu ihr zurückkehren.
Er würde wiederkommen. Er würde nicht mehr kommen. Warum sollte er nicht wiederkommen.
Sie gewöhnt sich an das Warten, ist überrascht, daß sie sich daran gewöhnt.
Manchmal hat sie beinahe den Eindruck, ihr Mann sei in der Wohnung und müsse jeden Augenblick das Zimmer wieder betreten, das er kurz zuvor verlassen hat.
Sie ist fast ruhig.
Sieht ihre Hände, unbewegt, auf der Sessellehne. Dann bewegt sich eine Hand, gleitet nach vorn, auf dem rauhen Stoff, nimmt ein Stück Faden weg, das dort haften geblieben ist. Zwei Finger rollen es zu einer winzigen Kugel zusammen.
Ihre Hand ist wieder ohne Bewegung.
Man braucht nur regungslos zu bleiben, schon entfernt man sich von sich selbst.
Später erhebt sie sich, wendet sich dem Fenster zu, an dem sie die Vorhänge noch nicht zugezogen hat. Sie sieht sich auf sich selbst zukommen.
Das Zimmer vergrößert sich durch die Spiegelung. Sie geht nicht ganz bis zum Fenster, sie dreht sich wieder um und bleibt in der Mitte des Zimmers stehen.

Niemand außer dem Portier hat ihn fortgehen sehen.

— Hat er Sie noch etwas gefragt?
— Nein. Er sagte auf Wiedersehn, im Vorbeigehn, wie immer.
— War er allein?
— Ja.
— Haben Sie gesehen, daß er in seinen Wagen stieg?
— Nein, der stand wohl nicht vor dem Haus, sondern auf dem Parkplatz um die Ecke.
— Ist Ihnen nicht aufgefallen, daß er so früh wegging?
— Doch, aber ich habe angenommen, daß er an dem Nachmittag noch einmal käme.

Sie ist erstaunt darüber, daß sie sich nicht mehr frei fühlt, seit Robert weg ist.
An dem Morgen, an dem er fortgegangen ist, ist er gewesen wie sonst, wie sie ihn gekannt hat. Es ist ein schöner Morgen gewesen, mit etwas Nebel zuerst. Er hat von dem Versuch gesprochen, Viren auf künstlichen Nährböden zu züchten. Bevor er davongefahren ist, hat er die Motorhaube geöffnet. Er hat noch gewinkt, hat mit zwei Fingern angedeutet, daß der Ölstand zu niedrig sei; dann eine wegwerfende Geste, die wohl meinte, es werde schon noch reichen. Er hat noch einmal gewinkt, als er an der Kreuzung hat halten müssen; fast beiläufig, als wolle er sagen, bis gleich also.

Der Tag besteht jetzt aus zu viel Zeit. Sie sieht sich zu, wie sie herumhantiert, wie sie wieder einhält.
Das Läuten an der Tür kehrt wieder. Die Verwunderung, die Fragen, die Anteilnahme, die Neugier.

— Tatsächlich?
— Einfach verschwunden?
— Aber das ist doch nicht möglich.
— Er muß Ihnen doch irgendeine Nachricht hinterlassen haben.
— Sie werden sehen, er wird wieder kommen.
— Daß er zu so etwas imstande war.
— Kann ich Ihnen etwas helfen?
— Er kann doch nicht einfach —
— Wenn Sie es uns nicht selbst gesagt hätten —

Vielleicht geht er in einer Stadt spazieren, sieht eine junge Frau, die ihm entgegenkommt, er läßt sie vorbeigehen, wendet sich um und folgt ihr. Er hat kein bestimmtes Ziel, warum soll er ihr nicht folgen.
Er weiß noch nicht, ob er sie ansprechen wird. Er wird zuerst sehen, ob sie etwas vorhat; ob sie eine Touristin ist; ob sie darauf wartet, angesprochen zu werden. Er wird ihr einfach folgen, in nicht zu geringem Abstand. Er sieht sie die Straße überqueren. Eine weiße Tasche tanzt an ihrem Arm. Einen Augenblick lang wird sie fast verdeckt von Passanten, die sich vor seinen Blick schieben.
Er geht schneller, um sie nicht zu verlieren. Da ist sie wieder. Dann verschwindet sie in einem Reisebüro. Er geht auf die andere Straßenseite, kann die Frau in dem Büro erkennen. Nachher erscheint sie in der Tür, zögert, kommt herüber, es ergibt sich alles von selbst.

War sie selbst die Frau, die darauf gewartet hat, von

einem Mann angesprochen zu werden? Überträgt sie auf Robert, was sie mit dem Mann erlebte, den sie vor vielen Jahren in der Nähe eines Reisebüros traf?

Daß er weg ist, ohne ihr eine Nachricht zu geben, widerspricht allem, was sie von ihm weiß, allem, was er davor getan hat. Wenn sie wüßte, daß er tot ist. Es wäre eine Gewißheit. Aber so. Er bräuchte ihr keine Erklärung zu geben, keine Ausrede zu finden; sie würde sich sogar damit abfinden, wenn er schriebe, er sei da und da, es gehe ihm gut, aber er komme nicht wieder, er könne nicht wieder kommen. Schon das wäre genug. Sie würde sich damit abfinden. Sie würde sich natürlich nicht damit abfinden.

Als er sie an dem Morgen verlassen hat, hat er vielleicht noch nicht daran gedacht, abends nicht zurückzukehren. Das hätte sie doch gemerkt. Das hätte er doch nicht verbergen können.

Oder sollte doch alles ganz anders gewesen sein, was ihn betraf?

Wenn sie versuchte, die Stille, die um sie ist, zu durchbrechen, bedürfte es einer großen Anstrengung.

Sie müßte rufen.

Aber sie wäre nicht imstande dazu. Wie wäre es, wenn sie plötzlich riefe? Sie würde den Widerhall hören.

Die Nachbarn würden kommen, wenn sie da wären. Möglicherweise würden sie kommen.

Vielleicht würde es jemand auf der Straße hören. Er würde sich vielleicht wundern, sich umdrehen, in die

Höhe sehen, auf die andere Straßenseite, dann würde er die Achseln zucken und weitergehen. Es hätte ja seine Schwierigkeiten, sich zu erkundigen in dem Haus, oder in einem der Häuser, was gewesen sei, ob jemand um Hilfe gerufen habe. Man könnte sich nicht einfach in die Angelegenheiten anderer einmischen, wenn sie es nicht verlangen, wenn nicht jemand offensichtlich in Not ist. Aber es ist ja nichts geschehen.

Sie hat keinen Grund zu rufen.

Sie hat plötzlich den Eindruck, das Haus sei sehr abgelegen; obwohl es doch mitten in der Stadt steht, an einer Kreuzung.

Es scheint weit hinausgerückt.

Sie hält sich darin auf, diese Frau, mit diesem Körper. Die Mühe, zu begreifen, daß sie es ist. Sie geht einige Male auf und ab, wie um sich zu vergewissern, daß sie da ist. Wenn sie auf und ab gehen kann, muß sie da sein. Außerdem sieht sie durch das Fenster Männer und Frauen und Autos, und eine Trambahn fährt vorbei.

2

Sie hält vor Roberts Institut, sieht die Parkplätze, die Ahornbäume.
In den Zimmern und Labors brennt die Neonbeleuchtung auch bei Tag.
Hinter dem dritten Fenster im fünften Stock sein Schreibtisch.
Die Jahre, die die Arbeit brauchte.
Dort die Litfaßsäule mit ein paar Anzeigen für Bälle.
Und dort, weiter draußen, ein paar hundert Meter nur entfernt, die Autobahn, die Schleifen der Zubringer, eine Brücke, einige gefällte Bäume, die Tankstelle, der Wald, in den hinein sich die in rascher Folge vorbeifahrenden Wagen verlieren.

— Meine Tochter hat mir gesagt, daß sie Ihren Mann einmal besucht hat.
— Wann hat sie es Ihnen gesagt?
— Neulich, als sie hörte, daß er nicht mehr da ist.
— Also erst einige Zeit nach ihrem Besuch?
— Ja, ein paar Monate lagen schon dazwischen.
— Woher kannte sie ihn?

– Vom Institut. Meine Tochter war dort eine Weile als Assistentin bei einem Kollegen Ihres Mannes tätig.
– Hat sie Ihnen Näheres erzählt?
– Nicht viel. Daß er sie zum Tee eingeladen hat, sie aber dann doch länger zusammengewesen sind.
– Hat sie ihn ein zweites Mal gesehen?
– Offenbar nicht. Ihr Mann hat Ihnen nichts von meiner Tochter gesagt?
– Nein.
– Sie ist jetzt verlobt, lebt in Innsbruck, schreibt selten, sie ist in den letzten Jahren immer zurückhaltender geworden, wahrscheinlich hätte sie mir auch nicht gesagt, daß sie Ihren Mann kennenlernte, wenn sie nicht gehört hätte, er sei weggegangen.
Frau H. ist seit zwei Jahren von ihrem Mann geschieden, der mit einer Jüngeren zusammenlebt.
Seit ihre Tochter verlobt ist, hat sie nur noch für ihren vierzehnjährigen Sohn zu sorgen. Morgens, bevor sie ins Büro fährt, bringt sie ihn zur Schule.
Sie hat eineinhalb Stunden Mittagspause, kommt rasch nach Hause, kocht etwas für ihn. Später die Müdigkeit, der sich hinschleppende Nachmittag.
Am Abend, nach dem Essen, sieht sie seine Aufgaben durch. Manchmal ist noch Zeit für ein Spiel oder ein bißchen Fernsehen, dann muß er ins Bett, sie sitzt noch allein, weiter vor dem Programm oder lesend.
– Doch, mein Mann kommt hin und wieder, drei, vier Mal im Jahr, er will seinen Sohn sehen, wir reden eine Weile, im Sommer waren wir auch zwei Wochen zusammen im Urlaub, aber sonst –

Sie haben sich ohne Streit getrennt.
– Es ging nicht mehr. Kleinigkeiten. Abnutzungen. Die Nerven.
Sie hat nun die Zeit, die sie haben wollte, als sie zusammen lebten.
Natürlich hat sie Bekannte. Natürlich kommt der eine oder andere, dann und wann.
– Aber die fallen doch nur gleich über einen her.

Früh aufgewacht. Es ist noch dunkel, als sie aufsteht. Während sie zum Fenster hinaussieht, fallen ihr die gelb leuchtenden Schilder auf, die den Autofahrern die Richtungen zu den Städten der näheren und weiteren Umgebung anzeigen. Darunter die blau leuchtenden Schilder mit dem Hinweis auf die Autobahnen.
Sie hat den Vorhang noch nicht zurückgezogen, sieht nur durch den schmalen Spalt, der zufällig frei blieb, die gelben und blauen Schilder; ein Stück des Hauses dahinter.
Robert ist damals in Richtung des Instituts davongefahren.
Die Kreuzung, der Platz, die Straßenbahnhaltestelle wie immer.
Aber unbekannte Gegend.
Allmählich wird es heller.
Die Lampen in den Schildern verlöschen.

S. berichtet aus den Gerichtssälen für die Zeitung der Stadt.
Er ist viel gereist. Dreimal war er verheiratet. Man sieht

ihn oft auf Partys. Aber er ist nie ganz dabei, er wirkt immer abwesend. Er sucht sich zu zerstreuen und will im Grunde nicht zerstreut sein.
Neulich meinte er, es sei wichtig, den Punkt zu erkennen, von dem ab es gut sei, weniger zu erleben. Nur so könne das, was man erfahren habe, zu sich selbst kommen.
— Ich habe den Gedanken einmal Robert gegenüber geäußert. Er nickte sofort. Ich verstand, warum. Er lebte hastig, als ob er sich immer zu versäumen glaubte.
Seinen Besuchern zeigte er den Sessel, in dem er abends beim Lesen einschläft.
— Diese Augenblicke, in denen man merkt, wie die Müdigkeit kommt, wie sie einen wegträgt, das ist das Glück.
Er meint auch, man dürfe sich nicht zu gut kennen. Er wehre sich manchmal gegen seine eigenen Gedanken; merke immer neu, daß er sich zu rasch darin einzurichten suche; unternehme es jetzt auf jede nur mögliche Weise, sich selbst zu überraschen.

Sie hört von draußen das plötzlich einsetzende, kurz unterbrochene, dann noch verstärkte Geschrei von Kindern, die sich offenbar um etwas streiten.
Ein wenig Sonne am Fenster.
Ein Kreischen, noch immer.
Ist sie hier in ihrem Zimmer? Natürlich.
Verschleiertes Licht, schlierige Wolken, die sich kaum weiterbewegen.
Mattigkeit, beschleunigter Puls. Vielleicht wird sie krank werden.

Vielleicht ist Robert gar nicht weit. Was für einer Täuschung unterliegt sie?
Das Geschrei der Kinder beginnt wieder.

An diesem Vormittag ist dichter Nebel. Die Häuser sind nur in Umrissen zu erkennen.
Am Straßenrand hat sich eine Amsel niedergelassen, plustert sich auf, sitzt apathisch da.
Das Licht im Zimmer wird durch den Widerschein, den der Nebel hervorruft, weißer.
Robert hat dieses Licht nicht gemocht. Sie liebt es. Sie sieht es auf den Gegenständen des Zimmers, sieht den Tisch, den Krug, den Schlüssel am Schrank wie zum erstenmal. Sie prägt sich den Augenblick ein, will ihn nicht vergessen.

N. hat Robert einige Male getroffen.
— Es kam mir vor, daß er manchmal Mühe hatte, sich zu entscheiden. Dann wieder entschied er sich überaus rasch. Er war, wie er mir einmal gestand, getrieben von der Furcht, nicht fertig zu werden mit dem, was er sich vorgenommen hatte.
Wenn man sich von N. verabschiedet, wendet er sich nach dem Händeschütteln nicht um, sondern geht langsam, nach rückwärts gewandt, davon und winkt dabei mehrere Male. Er beginnt mit dem Winken sofort, nachdem er seine Hand frei hat.

Auf der Treppe trifft sie Frau T., die Nachbarin mit der Halskette aus blauen Perlen.

– Ich will noch ein wenig hinausgehen, von der Sonne zehren, sagt die Frau.
Sie ist vor acht Tagen gestürzt, hat sich dabei das Handgelenk gebrochen. Ihre Finger schauen aus dem Gipsverband.
Der Gips leite Wärme und Kälte besonders stark, sagt sie. Wenn sie den Arm unter einer Decke habe, werde er gleich unerträglich heiß. Wenn sie ihn nicht schütze, friere er.
Am Abend wird eine Bekannte zu ihr kommen.
– Ich kann Menschen fast nur noch einzeln erleben.
Vorsichtig geht sie die Stufen hinab, hält sich mit dem gesunden Arm am Geländer fest.
Sie wendet sich noch einmal um und fragt:
– Haben Sie noch immer nichts von Ihrem Mann gehört?

L. hat vor zwei Jahren ihren Mann verloren. Ihre Tochter hat ein sieben Monate altes Mädchen, ihr Sohn studiert in der Nachbarstadt, wohin er täglich fährt. Sie spricht oft von ihrem Mann.
– Er war großartig.
Eine glückliche Ehe, durch viele Jahre. Sein Bild steht auf ihrem Schreibtisch und hängt an der Wand.
Oft geht sie schwimmen, ins Hallenbad.
Mit ihrem Sohn versteht sie sich nicht gut. Abends kommt er kurz zum Essen, verschwindet gleich wieder.
Sie hat sich überlegt, ob sie in eine andere Stadt ziehen soll.
– Um den Kindern nicht zur Last zu fallen.

Vor einiger Zeit hat sie im Zug einen Mann kennengelernt, der ihr noch während der Fahrt einen Heiratsantrag machte. Sie will zuerst mit ihm in Urlaub fahren. Die rasche Art, mit der er von ihr Besitz zu ergreifen suche, gefalle ihr nicht.
Das Leben mit ihrem Mann sei so schön gewesen, daß sie sich nicht von heute auf morgen zu einem anderen Dasein entschließen könne.

Ein grauer Morgen. Aber für einige Augenblicke sind die Häuser der gegenüberliegenden Straßenseite leuchtend rot. Im Osten muß die Wolkendecke kurz aufgerissen sein.
Seit einer Reihe von Tagen hat sie kaum noch den Wunsch, mit Menschen zu sprechen. Zu viel Verwunderung, Neugier, Fragen.
Das Leuchten hat aufgehört.
In den vergangenen Tagen hat sie in Schränken aufgeräumt, mit dem Wunsch, liebgewonnene Gegenstände noch einmal in die Hand zu nehmen, was sie vergessen hat, noch einmal zu sehen.
Aus dem Wunsch vor allem, nachher alles besser in Erinnerung, einen Überblick zu haben. Sie ist ein wenig ruhiger geworden.

Seit einer halben Stunde wartet draußen ein Mann, sieht die Straße hinunter, unverwandt, geht manchmal einige Schritte auf und ab, bleibt wieder eine längere Weile stehen. Er hat den Kragen des Mantels hochgeschlagen, obwohl es nicht kalt ist.

Sie sieht sein Profil, wenn er sich halb umwendet.
Er hat gestern schon gewartet, auch vor einigen Tagen.
Erst als die Dämmerung beginnt, geht er langsam davon in die Richtung, in die er die ganze Zeit geblickt hat.

In der Mittagspause und am frühen Abend, nach der Sprechstunde, macht J. Krankenbesuche.
– Weißt du denn, warum du so viel arbeitest, fragt ihn sein Sohn.
Die Meinungen über ihn sind geteilt. Viele schwören auf ihn. Andere sagen, er stelle monatelang falsche Diagnosen, kümmere sich nicht genügend um seine Patienten.
Sein Sohn will um jeden Preis, ein halbes Jahr vor dem Abitur, in ein Priesterseminar eintreten. Er hat sich schon angemeldet, seine Sachen gerichtet. Der Vater will noch versuchen, den Leiter des Seminars anzurufen, er möge seinen Sohn zurückschicken mit dem Hinweis, es sei doch besser, wenn er wenigstens seine begonnene Ausbildung zuerst zu Ende bringe.
Aber er glaubt nicht, daß es einen Sinn haben wird. Vor zwei Jahren ist sein Sohn einmal von zu Hause weggelaufen, bis nach Libyen gekommen, hat von dort nach einiger Zeit telegraphiert, um Geld gebeten für die Rückfahrt.
An Robert erinnert sich J. deutlich.
– Was mir auffiel, war die Sorgfalt, mit der er lebte. Einige Male war ich von seiner Distanz überrascht. Dann wieder von seiner Unmittelbarkeit.
J. führte bisher eine glückliche Ehe. Aber seit zehn Ta-

gen liegt seine Frau in der Klinik, wegen eines Kreislauf- und Nervenzusammenbruchs. Man darf sie nicht besuchen, selbst J. nicht.
– Sie ist überhaupt nicht ansprechbar.

Beim Kramen in Schubladen ist sie auf einige Karten gestoßen, die ihr Robert vor Jahren geschrieben hat. Auch auf Prospekte von Chesterfield, wo sie einmal einige Tage zusammen gewesen sind.
Natürlich ist die wie gezwirbelt wirkende Kirchturmspitze auf dem Deckblatt abgebildet.
Sie sieht ein paar Bilder von Straßen, die sie entlanggegangen sind.
Sie sind dort wirklich gegangen, es ist kein Zweifel daran, unter diesen Arkaden, in der Nähe dieser Verkaufsstände.
Sie sind in einem dieser Busse gefahren, neben Bekannten, bei denen sie wohnten.
Sie ist mit Robert in dieser Stadt gewesen. Aber sie hat es fast vergessen, und es scheint nun so, als ob sie es sich ausdenken müßte.
Einmal sind sie mit ihren Gastgebern in die Umgebung gefahren, in eine einsame, von Hochmooren durchzogene Heidelandschaft.
Einmal haben sie York besucht. Sie erinnert sich an Straßen und Gebäude, aber sie weiß jetzt die Namen nicht, sie müßte nachsehen.
Es ist alles zwölf Jahre her. Es war Januar, aber so mild, daß sie auf dem Schiff, während der Überfahrt, manche Stunde auf offenem Deck zubringen konnten.

Sie hätte damals alles genauer sehen und erleben müssen, denkt sie. Sie hätten sich die Daten, die Tage notieren müssen, in einem Taschenkalender wenigstens.
Sie wäre jetzt vielleicht sicherer, daß sie damals wirklich nach Chesterfield gefahren sind.

3

Der Mann drüben an der Straßenecke, der eben aus einem der Häuser getreten ist (man könnte meinen, er zögere noch, überlege, in welcher Richtung er gehen soll) — ist er nicht der Hausierer, der Verlorene Sohn des Hieronymus Bosch? Sein Gesicht inmitten der Menschen, die an diesem späten Nachmittag die Hauptstraße der Stadt hinauf- und hinuntergehen, um Einkäufe zu machen, um ein Café aufzusuchen, um zu einem Rendezvous zu eilen; sein Gesicht, bewegungslos in der unaufhörlichen Bewegung, mißtrauisch und enttäuscht — ist es nicht das Gesicht des Mannes auf dem Bild von Bosch, des Mannes, der in seinem Leben so viel mitgeschleppt hat, daß er nun manchmal anhält, weil er nicht weiß, wie er alles noch weiterschleppen soll; weil es ihm aber auch nicht möglich ist oder noch nicht möglich ist, etwas davon zurückzulassen? Sie hat dieses Gesicht nie vergessen können, das Gesicht des Verlorenen Sohns, das Gesicht eines Mannes, der ein Bündel von Widersprüchen ist.

Er war selten sicher. Kam Sicherheit nicht aus Ahnungslosigkeit?

Er hat begriffen, daß er bankrott gemacht hat.
Er hat sich zu oft getäuscht.
Sieht sich Dinge tun, die er nicht tun wollte.
Empfindet es manchmal als Beruhigung, daß man so vieles weglassen kann, weglassen muß.
Ist immer zu denselben Lösungen gelangt.
Fühlt sich angezogen von dem, was abwesend ist.
Er sucht danach, auch wenn er weiß, daß er es nicht finden wird.
Wie rasch die Vorstellungen nicht mehr stimmten, die er sich von vielem gemacht hat.
Der sich oft unvermutet einstellende Widerwillen.
Er hat gemerkt, daß es zwischen einem Gedanken und dem nächsten Flächen gab, auf denen man sich verlieren konnte und daß diese Flächen eines Tages der Tod sind, von einem Punkt aus, der sich vorher nicht wahrnehmen ließ.
Er kann sich nicht mehr mit sich abfinden.
Der Mann entfernt sich, zuerst mit langsameren, dann mit rascheren Schritten, in den späten Nachmittag hinein, an einem Kleidergeschäft, an einem Geschäft für Eisenwaren vorbei, er überquert die Straße, hält einige Male zwischen den vorbeifahrenden Wagen, nickt einem Fahrer zu, der kurz anhält, erreicht den Gehsteig, sein Gesicht bleibt noch für Sekunden erkennbar, ist nun schon weiter weg, ist dann entschwunden –

– Wo sahen Sie ihn zum letzten Mal?
– In der Nähe des Marktplatzes, ich wollte ihn nicht ansprechen, ging einige Meter hinter ihm vorbei.

– Hatten Sie den Eindruck, daß er etwas Bestimmtes beobachtete?
– Nein. Er stand nur da. Das blieb mir in Erinnerung, weil er immer in Eile gewesen ist, wenn ich ihn bisher gesehen habe.

Die Nachbarstadt feiert ihren zwölfhundertsten Geburtstag. Ein Teil der Mitglieder des Instituts fährt hin, vierzig Kilometer.
Sie hat zuerst gezögert, als man sie zu überreden versuchte, mitzukommen; hat dann zugesagt, dann, einige Stunden vor der Abfahrt, doch abgesagt.
– Natürlich hat sie daran gedacht, daß ihr Mann sich auf den Tag gefreut hat.
– Er hat Feste geliebt, die Nähe vieler Menschen.
– Ich habe ihn anders gekannt. Er mied, was ihn von sich ablenkte.

Einige Tage, bevor er verschwunden ist, hat er an einer der abendlichen Stunden teilgenommen, die der Maler, den sie kannten, zweimal wöchentlich für Laien gab.
Er ist spät gekommen, die anderen hatten schon ihre Staffeleien aufgestellt und zu malen begonnen. Er hat nur einen Zeichenblock mitgebracht, wollte skizzieren. Er werde doch nur zwei- oder dreimal kommen können, sagte er.
Er zeichnete eine Stunde vor sich hin, ehe er den Maler bat, ihm etwas zu seinem Blatt zu sagen; es war das dritte, das er begonnen hatte.
– Schon gut. Aber sehen Sie, diese Verkürzung stimmt

nicht. Dieser Strich muß anders liegen. Die Schenkel sind kräftiger.

Er korrigierte mit einem stärkeren Stift in das Blatt hinein.

Die anderen, ein paar Frauen und Männer, malten in Öl.

Manchmal warf er einen Blick auf ihre Leinwände. Einer malte das Mädchen ganz in Grüntönen. Der Maler war sehr damit einverstanden. Ein anderer versuchte abzumalen.

– Darauf kommt es nicht an. Das, was Sie sehen, soll nur der Anlaß sein für das, was Sie malen wollen.

Der Maler sah Robert auf dem niedrigen Ateliertisch sitzen. Manchmal stand er auf, lehnte sich gegen die Kante des Tischs. Sie kannten sich seit Jahren, hatten sich aber meist nur auf der Straße zugewinkt. Robert stand unter dem von einem grünen Vorhang verdeckten Atelierfenster. Er trennte ein Blatt vom Block, mit der Vorsicht, die zeigte, daß er keine Übung hatte, legte es neben sich, begann noch einmal.

Es gab eine kleine Pause. Man verglich die Arbeiten. Das Mädchen ging hin und her, setzte sich wieder, erreichte seine vorherige Stellung nicht ganz, jedenfalls baten einige um geringfügige Änderungen.

Die Tochter des Malers rannte durch den Flur, rief: Nur noch die Tagesschau.

Später ging der Maler von einem zum andern, sagte gut, gut. Man wickelte die Pinsel in Lappen, legte die Leinwände zwischen Kartons. Das Mädchen verschwand im Nebenzimmer. Robert war ausgelassen.

An der Schublade seines Tisches, die er am häufigsten geöffnet und geschlossen hat, hat sich dort, wo der Schlüssel steckt, die Fassung gelöst, so daß dieser, wenn man davor sitzt und ihn zufällig berührt, zu Boden fällt.
Die Platte des Tisches hat Schrammen vom Hin- und Herschieben der Geräte. Das Telefon benutzt sie jetzt allein. Von Zeit zu Zeit zieht sie die Uhr auf. Stifte liegen da, zwei Zeitschriften. Da ist das Bücherbord, da der Stuhl.
Vor dem Fenster das im Wechsel der rasch vorbeiziehenden Wolken auf dem Asphalt aufscheinende Licht. Drüben die Uhr und darunter der Stand mit den Zeitungen. Die Menschen, die davor stehenbleiben, auf eine davon deuten, Groschen hinreichen und weitergehen. Manchmal sind es so viele, daß sich dunkle Knoten bilden; dann wenige; oder es gibt plötzlich Lücken, niemand erscheint, bevor eine neue Bewegung entsteht.

Sie würde bald einen Brief von ihm im Kasten finden. Der Brief muß unterwegs sein, wahrscheinlich liegt er schon im Postamt. Ob sie hingehen und einen der Männer fragen soll, ob er nachsehen könne? Soll sie sagen, sie müsse an dem Tag abreisen und sei dann eine Weile nicht in der Stadt, es lohne wegen der paar Tage nicht, ihr die Sendungen nachzuschicken, aber sie erwarte noch eine Nachricht, die ihr für den Tag versprochen sei? Das ist doch ein plausibler Grund.
Es ist kein Brief da.
Sie geht wieder an den Tischen mit den hellen Kunst-

stoffplatten vorbei, an den schwarzen, auf dem Boden befestigten Hockern, auf denen — den Rücken dem Eingang zugewandt — Männer und Frauen sitzen, um Postanweisungen auszufüllen oder Karten zu schreiben; an den beiden Glasvitrinen, in denen Vasen und Schalen ausgestellt sind. Schritte hinaus, die Stufen hinunter.
Es müßte ihm doch möglich sein, einmal anzurufen. Telefonzellen überall, an Bahnhöfen, in Postämtern, in Hotels. Verbindungen überall, Drähte über dem Land, ein unabsehbares Netz, in viele Richtungen immerfort Gespräche, Vereinbarungen, Abänderungen, Stimmen, überall Stimmen.

— Er sagte mir, er habe so viele Pläne, daß er es nicht fertigbringe, sich einem davon ganz zuzuwenden. Seit Monaten sei es so, daß alles, was er tun wolle, sich gegenseitig aufhebe. Das führe zeitweise zu einer Erschöpfung, der er kaum Herr werde. Wenn es ihm einmal gelinge, so zu tun, als gebe es nur ein Ziel, fühle er sich so wohl, daß die Verwunderung darüber ihn wieder von allem abhalte.

Diese Straße ist sie mit Robert vor einigen Jahren gefahren. Da ist die Stelle, an der sie gehalten haben. Sie sind ein Stück weit in den Wald hineingegangen, sind am Ufer des Flusses gesessen. Die Straße ist auffallend leer an diesem Samstag. In einem Vorgarten blühen Iris, an deren Blau sie noch einige Male an dem Tag denkt.
Manchmal verlangsamt sie das Tempo, ist im Begriff umzukehren. Sie ist mit Robert die Straße gefahren,

bringt es fast nicht fertig, sie jetzt allein zu fahren. Sie erkennt das Gasthaus, in dem sie gegessen haben. Der Tag ist von überdeutlicher Helligkeit. Sie übernachtet in einer Pension, in der sie sich angemeldet hat. Der alte Mann, der ihr öffnet, sagt, er müsse seine Mama fragen, welches Zimmer für sie reserviert sei.

Am nächsten Tag ist sie im Tal, gelangt einige hundert Meter hinter einem winzigen Dorf zu einem Haus, das wie alle anderen der Gegend aus scheinbar wahllos aneinandergefügten Bruchsteinen erbaut ist. Es hat dicke Mauern und besteht aus einer Art Untergeschoß, das als Abstellraum dienen mag, und vermutlich nur einem Raum darüber, den man über zwei Bretter erreichen kann, die vom Hang zur Tür gelegt sind.

Ein paar Quadratmeter bei dem Haus sind planiert. An einem Tisch sitzt ein Mann, der neben sich — in Postkartengröße, in einem schmalen, dunklen Rahmen — die Photographie einer Frau aufgestellt hat. In einer Milchflasche, die er als Vase benutzt, stecken eine rote und eine weiße Gladiole. Zudem hat er ein Heft vor sich liegen, in das er, als sie sich auf dem zehn Meter über dem Haus entlanglaufenden Weg nähert und stehenbleibt, etwas einträgt. Einige Seiten sind bereits gefüllt, sie kann es sehen, weil er einmal zurückblättert. Er hat sie nicht bemerkt, er ist vertieft, er sitzt so, daß er ihr den Rücken zuwendet. Er schreibt ein, zwei Minuten, sehr langsam, aber in einem fort, ohne aufzublicken.

Dann legt er den Stift zur Seite und nimmt ein Fernglas zur Hand, das auf dem Tisch gelegen hat.

Er sieht in die Tiefe des vor seinen (und ihren) Augen jäh abfallenden Tals, wo an dem Fluß sehr fern und klein ein Dutzend Badende zu erkennen sind.
(Sie sieht sie nur als sich bewegende oder ruhende kleine helle Flächen in dem umgebenden dunklen Grau des Gesteins.)
Auch dieser Vorgang nimmt ein, zwei Minuten in Anspruch. Der Mann beginnt wieder zu schreiben, nimmt wieder das Glas, schreibt, regelmäßig holt er, was er aufschreiben will, zu sich her mit dem Glas.

Es braucht immer nur eine kleine Verschiebung, um Robert wieder in seinem Institut zu wissen, im sechsten Stock, in dem großen, nach Osten gelegenen Zimmer, von dem aus man auf die Hauptstraße der Stadt sieht. Sie ist nicht oft dort gewesen, vier- oder fünfmal im Lauf der Jahre. Wie, wenn sie versuchte, jetzt hinzufahren und ihn zu überraschen? Könnte es nicht sein, daß sie ihn anträfe, in seine Arbeit vertieft?
Sie wird sich nichts sonst vornehmen für diesen Vormittag.

– Wann hast du ihn kennengelernt?
– Vor etwa zehn Jahren.
– Hast du ihn seither oft gesehen?
– Hin und wieder.
– Hattest du in letzter Zeit den Eindruck, daß er verändert war?
– Eigentlich nicht.
– Hat er dir von seiner Frau erzählt?

– Nein.
– Aber du wußtest, daß er verheiratet war?
– Natürlich.
– Ich habe es kommen sehen.
– Sein Verschwinden?
– Ja.
– Hat er sich dir gegenüber in dieser Hinsicht einmal geäußert?
– Nicht direkt.
– Aber –
– Er meinte gelegentlich, etwas pathetisch, er habe das Gefühl, man wolle ihn zu dem verurteilen, was er einmal gewesen sei.

Sie kommt über den Hof, an den mit Wellblech bedeckten Boxen vorbei, in denen die Angestellten des Möbelgeschäfts ihre Wagen und Räder abstellen; am Stamm der Buche vorbei; vorbei an einigen Pappkartons und Kisten, die jemand mit Blumentöpfen gefüllt hat.
Was wird sie an dem Abend tun?
Wie soll sie sich seine Nähe abgewöhnen, seine alltägliche Gegenwart, seine Stimme von Zimmer zu Zimmer, seine Launen, seine Arbeit, seine Versunkenheit, seine Liebe?
Vielleicht überlegt er, ob er nicht doch wieder kommen soll. Er entschließt sich dazu. Aber sobald er sich entschlossen hat, wird er unsicher, hält seinen Entschluß für falsch, würde ihn gern rückgängig machen, aber man kann doch seine Entschlüsse nicht immer ändern. Dann fährt er doch weiter, ist einige Stunden ruhig, be-

ginnt wieder zu zweifeln. Je häufiger er seine Entschlüsse wechselt, desto weniger kennt er sich.

Was hat er gesagt, bevor er weggegangen ist? Sie erinnert sich nicht an einzelne seiner Worte. Vielleicht hat sie nicht ganz hingehört, war sie mit etwas beschäftigt. Sie weiß nur, daß er von der Züchtung von Viren gesprochen hat. Sie hat sich anschließend fertiggemacht, ist in die Stadt gegangen, es ist ein schöner Morgen gewesen, mit etwas Nebel zuerst.
Woher hat er den Mut genommen, wegzugehen? Oder ist es Feigheit gewesen? Oder was ist es gewesen?
Sie denkt daran, daß ihr Leben mit ihm, obwohl es Jahre dauerte, schon vorbei ist, ehe es begonnen hat.
Sie sucht sich ihn vorzustellen. Es macht ihr Schwierigkeiten. Sie ist in Versuchung, Bilder anzusehen. Sie tut es nicht, denkt, ich muß ihn mir doch vorstellen können. Es ist, als erkenne sie seine Gestalt, sein Gesicht in starkem Gegenlicht, das nur die Umrisse hervortreten, aber die Gesichtszüge kaum erkennbar werden läßt.
Sie macht sich Kaffee, filtert ihn in die Tasse, trinkt ihn, indem sie im Zimmer auf und ab geht, am Fenster steht, einem Paar zusieht, das die Straße überquert.

4

Dämmerung, eine Stunde leerer Gegenwart, keine Ungeduld, der Körper leicht, losgelöst von dem, was ihn umgibt.
Sie will versuchen, ihn eine Weile in diesem Zustand zu halten.
Später steigt Dunkelheit aus den Straßen auf, Umrisse verlöschen. Die Gegenstände beginnen sich von dort, wo sie den Tag über waren, zu entfernen, treiben von neuem davon.
Luft breitet sich aus, füllt mit ihrer Bewegung die entstandene Leere, fließt dahin, wo die Haltestelle der Trambahn war, das Café, der Marktplatz.

Sie glaubt Robert auf der Straße zu erkennen. Seinen Mantel, seine Haare, seinen Gang. Sie sagt sich, es kann nicht sein, es ist nicht möglich, daß er in der Stadt ist, ohne zu ihr zu kommen.
Aber sie rennt los, den Gehsteig entlang, vom Gehsteig hinab auf die Straße, wenn ihr zu viele Leute entgegenkommen, wieder hinauf, wenn die Autos sie zwingen, auszuweichen.

Dort ist Robert, er geht offenbar ziemlich rasch, denn sie nähert sich ihm zu langsam. Sie erreicht eine Querstraße, läuft hinüber, sieht die Reihen der auf der anderen Seite wartenden Menschen, es bildet sich in den Reihen eine Mulde, ein schmaler Durchgang.
Wo ist er? Sie hat ihn doch eben noch gesehen. Er kann doch nicht abgebogen sein. Sie hat doch vorhin erkannt, daß er über die Straße ging, die sie eben überquerte.
Plötzlich sind es nur noch ein paar Meter. Robert. Sie verlangsamt ihre Schritte, läuft nicht mehr, sondern geht, als sie ihn erreicht und nun neben ihm ist und außer Atem sagt: Verzeihen Sie, es war eine Verwechslung, und der Mann nickt.
Sie weiß nicht, wie sie zurückkehrt, sie kehrt zurück, ist in ihrer Wohnung, wirft sich auf ihr Bett.

Mitten in der Stadt, erzählt ihr die Nachbarin, habe eine Mutter ihre zwei Jahre alte Tochter am hellichten Tag ausgesetzt. Eine Passantin habe das Kind der Polizei übergeben. In der Jackentasche des Mädchens habe man einen Brief gefunden, den die Frau an das Sozialamt gerichtet habe. Sie habe gebeten, man möge dem Mädchen helfen, sie wisse keinen Ausweg mehr, bei den Kindergärten sei sie überall abgewiesen worden. Ihre Arbeitsstelle habe sie aufgeben müssen, da ihre Wirtin kein Kind im Haus haben wollte. Sie könne es nicht mehr ernähren, da sie nur noch zwanzig Mark habe. Wenn es ihr einmal finanziell besser gehen sollte, würde sie vorbeikommen und die Kosten begleichen. Sie liebe ihr Kind über alles.

– Ich habe mit ihm zusammen studiert. Kurz nach Kriegsende fuhren wir jeden Morgen in die nahe Universitätsstadt. Die Züge waren in der Frühe kaum geheizt. Es waren ausgediente Wagen, die die Gleise entlanglärmten, durch die Ebene, einige Kilometer vom Fluß entfernt. Kleine Stationen, Namen, die ich mir auf einer Karte erst wieder heraussuchen müßte.
Wir redeten, lasen oder schliefen noch eine halbe Stunde, den Kopf hinter unseren Mänteln. Er fühlte sich zuzeiten wohl in Gesellschaft, ließ sich gern ablenken, war leicht verführbar. Er lebte gern dem Tag zugewandt, am Rande, so gut es ging. Manchmal wirkte er unausgeglichen, manchmal verschlossen; oder abwesend, leer; gleich darauf äußerst konzentriert.

Sie hat Kopfschmerzen, ist den ganzen Tag gesessen, geht für eine halbe Stunde hinaus, ums Quadrat, kommt zurück, die Kopfschmerzen halten an. Sie legt sich hin, will noch lesen, liest doch nicht mehr, wird schlafen. Sie löscht das Licht, sieht durch das Fenster den klaren Himmel, wendet sich zur Seite.
Sie kann nicht einschlafen, hört vor dem Haus ein Auto halten, hört, wie eine Tür zugeworfen wird, kann Schritte unterscheiden, aber sie verlieren sich nicht im Haus, sondern entfernen sich über die schon stille Straße.
Sie steht nach einer Weile auf, ißt ein Stück Brot, nimmt eine Tablette, öffnet im Schlafzimmer das Fenster etwas weiter, legt sich wieder.
Die gegenüberliegende Häuserfront ist sicher da, sie sieht ja einen Teil davon.

Das Fenster ihres Zimmers ist da, da ist der Schrank, sind zwei Stühle, es ist alles da, wie sie es kennt.
Wenn sie nur nicht, wie jetzt wieder, den plötzlichen Eindruck hätte, alles wolle sich davonmachen.

An diesem Nachmittag ist sie zum Stadtrand gefahren, hat das Auto an einem Weg hinter dem Bahnhof abgestellt, ist ziemlich weit gegangen, zurückgekehrt im Gewühl des schon abendlichen Verkehrs.
Sie hat die Wäsche, die sie am Vormittag mitgebracht hat, ausgepackt und in den Schrank gelegt.
Sie telefoniert mit einer Freundin, die sie zum Essen einlädt, sitzt eine Weile am Tisch, sieht, wie es vollends Abend wird.
Es läutet einmal nachdrücklich. Sicher nicht an der Wohnungstür, da wäre das Läuten weniger heftig. Sie drückt den Knopf, der die Haustür öffnet, nimmt mit dem Finger etwas Staub von dem grauen Kästchen, dann öffnet sie, aber es ist niemand da, es kommt auch niemand von draußen. Es muß jemand versehentlich auf die Glocke gedrückt haben, vielleicht waren es Kinder.
Sie zieht ihre Uhr, die stehengeblieben ist, auf, notiert sich, was sie am nächsten Tag wird besorgen müssen, vor allem einen Schirm für die Stehlampe. Der alte, sie hat ihn schon viele Jahre, ist oben ausgerissen.
Ob der Abend vergeht? Wer sagt denn, daß er vergeht?

Ein warmer Tag. So waren die Tage vor einem Jahr um diese Zeit, vor zwei Jahren. Jetzt, gegen vier Uhr, beginnt das Blut wieder rascher zu kreisen.

Von neuem hat sie das Gefühl, etwas zu versäumen.
Wo bist du?
Es ist fast so, daß sie sich bemühen muß, ihn nicht zu verlieren.
Sie merkt, daß je mehr sich ihr sein Bild entzieht, auch ihre Erinnerung an sich selbst schwächer wird.

Er hat vielleicht in einem Park eine Frau getroffen.
War sie es?
Sie gehen umher, setzen sich in eine Weinstube, sind ein wenig in Eile, denn die Frau hat nicht lange Zeit, sie wird in zwei Stunden von Freunden abgeholt, die ins Theater gegangen sind.
Sie sagt, es sei doch nichts dabei, einmal mit jemand zu sprechen, ihr Mann sei immer so eifersüchtig.
Er sagt, er müsse ihr noch einen Kuß geben. Sie gehen wieder hinaus und umarmen sich auf einer Bank.
– Sie sind so direkt, was finden Sie an mir, sagt sie.
Gegen halb elf kämmt sie sich, zieht die Lippen nach.
Sie gehen ein Stück weit nebeneinander her, dann, als sie sich der Straße nähern mit ihren Lichtern, möchte sie allein bleiben.
Sie wendet sich noch einmal um, winkt, er winkt ebenfalls. Vor dem Theater sieht er sie warten. Nachher öffnen sich die Türen.
Am andern Tag ist er noch einmal im Park, hofft, er könne die Frau wieder treffen. Er weiß weder ihren Namen, noch wo sie lebt. Hinter dem See, hat sie nur beiläufig gesagt.
An dem Abend hat er nicht den Wunsch gehabt, sie wie-

der zu sehen. Er würde am andern Morgen weiterfahren.
Er wartet, aber sie kommt nicht. Warum sollte sie auch kommen. Sie haben nichts vereinbart. Hinter ihm, auf einem erhöht liegenden Damm, der den Park von der Stadt abschließt, kommen manchmal Züge vorbei. Die Räder sind durch das hochstehende Gras verdeckt.
Vor ihm der geschnittene Rasen; Melonenschalen, die jemand weggeworfen hat. Bäume stehen in dem Park, die er nicht kennt, mit niedrigen Stämmen und dichtem Laub.
Vorn am Wasser erscheinen die Stämme gerade so hoch, daß Menschen, die dort entlanggehen, sich genau in dem hellen Streifen bewegen, der zwischen dem Uferrand und dem Ansatz der Baumkronen vom Wasser gebildet wird. Wenn sie stehenbleiben, um auf den See hinauszusehen, werden sie zu Statuen.
Boote ziehen vorbei.
War sie es, die Robert dann doch noch, ein paar Tage später, zufällig in dem Ort getroffen hat? Haben sie sich in jenem Sommer kennengelernt? Haben sie schon ein paar Wochen später geheiratet?

Vielleicht wird sie am Abend in ein Kino gehen. Sie bestellt sich keine Karte im voraus, weiß nicht, ob sie am späten Abend wirklich Lust haben wird. Im Augenblick ist es gut, daran zu denken, daß sie am Abend noch ins Kino gehen kann.
Vielleicht ist tatsächlich eine Nachricht von ihm unterwegs; liegt zwischen hundert anderen Postsachen in

einem Kasten, der in einer Vorstadt an einer Straßenecke angebracht ist, oder liegt auf einem Amt, oder in einem der Säcke in einem Zug, der sie ihr jetzt näherbringt, während er durch die Ebene fährt, in der er kaum hält, in der es wenig Stationen gibt, wenig Flüsse und Brücken. Nur manchmal sind sehr fern Höhenzüge zu erkennen. Sie ist einmal mit Robert durch die Ebene gefahren. Zischend wurde es darüber Morgen.

Sie sitzt auf einer Bank im kleinen Park beim Schwimmbad in der Sonne. Die Bänke, die im Schatten stehen, sind schon besetzt. Für Minuten hält sie die Hand über den Kopf, dann zieht eine Wolke vorbei, so daß sie die Hand wieder auf das Holz der Bank legen kann. Sie liest in der Zeitung, dann macht sie sich auf den Weg, es ist bald Mittag, sie wird essen gehen. Sie ist nicht in der Lage gewesen, selbst an etwas zu denken, das sie hätte zubereiten können.

›Unsere Welt, Augenblicke aus fünf Kontinenten‹, heißt die Sendung, die sie am Abend sieht. Sechshundert Millionen Menschen zugleich vor dem Bildschirm sehen Kinder, die gerade geboren wurden in Japan, Dänemark, Kanada, Mexiko City, sehen, in Linz, wie Roheisen zu Stahl wird, in Paris einen Hubschrauber, der beobachtet den Sonntagnachmittagsverkehr an der Porte de la Chapelle. An den Küsten Portugals geht man auf Thunfischfang, in Tokio züchtet man Krabben wegen des Proteins. Eine Farm in den Staaten, die Weltausstellung von Montreal, Kanufahrten in Schweden,

Ausflüge unter Wasser. Neunzig Kinder werden in der Minute geboren. Sechzig Prozent der Menschen können nicht lesen, für die andern gab es noch nie so viele Bücher. In Viterbo probt man Shakespeares ›Romeo und Julia‹, im Kunstzentrum von Saint-Paul de Vence Tänze. In Australien hört man über ein Radioteleskop Geräusche von Welten, die hunderttausend Lichtjahre entfernt sind. Unsere Welt, Augenblicke aus fünf Kontinenten und Becketts Gedanken an eine unabsehbare Zukunft, in der einmal nicht nur alles vorbei, sondern wie nie gewesen sein wird.

Seit einiger Zeit merkt sie, daß sie vor allem früh morgens an den Tod denkt, in den ersten Minuten nach dem Erwachen, wenn sie sich noch einmal zur Seite dreht, oder wenn sie nachher die ersten Schritte tut, um das Bett herum, ins Bad, in die Küche.
Es gibt sich dann wieder.
Sie hört den Nachbarn seine Tür schließen und das Haus verlassen. Das ist meistens das erste Geräusch, das sie morgens vernimmt.
Sie setzt Wasser auf für den Tee. Wenn es gekocht und sie es in die Kanne gegossen hat, muß sie einige Male nachsehen, ob sie den Knopf der Kochplatte auf Null zurückgestellt hat. Sie muß es sich wieder abgewöhnen, zu oft nachzusehen.
Irgendwo muß sie in Durchzug gekommen sein, die linke Schulter, der Hals, der obere Teil des Rückens schmerzen den ganzen Tag. Als sie aufgewacht ist, hat sie gemeint, sie sei während des Schlafs ungeschickt gelegen.

Aber wenn er daher gerührt hätte, hätte der Schmerz in den folgenden Stunden verschwinden müssen. Er ist jedoch stärker geworden, so daß sie Mühe hatte, den Kopf zur Seite zu wenden oder den Arm zu heben.
Am Nachmittag ist sie aufgeweckt worden durch den Nachbarn, der ihr ein Päckchen brachte, das für sie abgegeben worden ist. Später ist der Mann gekommen, bei dem sie manchmal Johannisbeersaft kauft. So, das wär's wieder einmal, hat er gesagt.
Es hat viel geregnet an dem Tag. Die Luft ist frischer geworden. Manchmal fällt noch ein Tropfen von der Dachrinne auf den Fenstervorsatz draußen. Sie hört, wie das Wasser an den Karosserien der Autos hochspritzt, die durch die Lachen fahren.

Sie hält an, dreht den Motor ab, schaltet das Licht aus, sieht die Straße vor sich, links das Hutgeschäft, das Schild für Parkverbot. Ein Paar kommt vorbei. Scheinwerfer blenden im Rückspiegel. Ein Junge klopft im Vorübergehen mit den Fingern auf den Kotflügel. Er hat sie nicht gesehen. Die Lampen über der Straße sind wie Münzen am Grund eines erleuchteten Brunnens.
– Wenn ich es wüßte, sagt ein Mann zu seiner Begleiterin.
– Wann könntest du mir Nachricht geben?
– Frühestens übermorgen.

Sie ist in der Stadt gewesen, hat gesehen, daß ein Mann eine Telefonzelle neu anstrich. Sie hat die Farbe gerochen, bevor sie um die Ecke gekommen ist.

Ein anderer Mann, er stützte sich auf eine Krücke, hat ihm zugesehen.
Sie ist durch die Straßen gegangen und hat an den Tag gedacht, an dem sie Robert im Gedränge zu erkennen glaubte.
An diesem Abend schreibt sie Briefe, schreibt kurze Briefe. Selten, daß sie Robert erwähnt.

In diesem Land kann jeder untertauchen, ist ein Artikel überschrieben, den sie gefunden hat. Gemeint ist England. Jährlich verschwänden dort zwanzigtausend Menschen. Sie suchten das Weite. Die Zahl lasse sich nicht genau belegen, aber sie sei nach Meinung der mit dem Problem vertrauten Sozialfürsorger noch recht niedrig angesetzt. Die Behörden könnten keine Angaben machen, sie tappten im Dunkeln, denn es gebe in Großbritannien keine zentrale staatliche Suchkartei. Jede Polizeidienststelle führe ihre eigenen Listen, und es bleibe ihrem Gutdünken überlassen, welche Fälle sie – wenn überhaupt – behandele. Meist kümmere man sich nur um Kinder und sehr alte Leute, um Menschen, die einer Straftat verdächtig seien oder die das Opfer eines Verbrechens geworden sein könnten. Die Masse der Flüchtigen machten die Männer aus. Sie entzögen sich ihren finanziellen Pflichten, sei es für uneheliche Kinder oder für die von Ehekrisen zerrüttete Familie. Auch wenn die Polizei es wolle, sei es so gut wie aussichtslos, jemanden aufzuspüren, der von einem bürgerlichen Leben in eine andere Daseinsform überwechsle. Denn der traditionelle britische Freiheitssinn wehre sich gegen jedes

System obrigkeitlicher Kontrolle. Eine polizeiliche Meldepflicht gebe es nicht, und die im Krieg eingeführte Kennkarte habe unter dem Druck der öffentlichen Meinung wieder abgeschafft werden müssen.

Sie denkt an einen Nachmittag vor Jahren, an dem sie eifersüchtig gewesen ist, ohne Grund, wie sich später herausgestellt hat.
Sie hat an dem Nachmittag Stunden damit zugebracht, sich zu überlegen, was sie Robert sagen würde bei seiner Rückkehr.
Ihre Bitterkeit hat so zugenommen, daß sie an nichts anderes hat denken können, daß sie unfähig gewesen ist, etwas zu tun.
Sie ist auf einen Satz gekommen, den sie sagen würde: Vielleicht ist es zu schön gewesen.
Der Satz hat sich ihr aufgedrängt, und sie hat keine Möglichkeit gesehen, ihn wieder beiseite zu schieben, sie hat sich ihm schließlich willenlos überlassen, hat ihn wiederholt, Stunden hindurch, in ihrer wütenden, wachsenden, zerstörerischen Eifersucht.
Wenn sie jetzt daran denkt, ist ihre Bitterkeit noch immer da, und es ist etwas hinzugekommen, was sie damals nicht gekannt hat, die dumpfe Gleichgültigkeit nach einem Überfall des Lebens.
Damals hat sie an den Satz gedacht, bevor das, was sie fürchtete, eingetreten war, nun denkt sie an ihn, nachdem es geschehen ist.

Hat sie sich zu wenig beschäftigt mit dem, was Robert

beschäftigt hat? Aber er hat ihr nie Vorwürfe gemacht. Man müsse seine Gewohnheiten wieder aufnehmen, wenn man weiterleben wolle, hat ihr jemand gesagt. Was für Gewohnheiten soll sie wieder aufnehmen? Hat sie sie verlassen?
Er muß doch einen Grund, er muß doch Gründe gehabt haben. Er kann doch nicht ohne Grund fortgegangen sein.
Das würde doch dem widersprechen, was sie von ihm weiß.
Das kann doch nicht sein.
Aber es ist möglich gewesen.

Das Hotel, in dem sie einmal mit Robert übernachtete, bevor sie in die Stadt zogen, ist abgebrannt.
Ein siebzehnjähriger Angestellter hatte das Feuer gelegt. Aus dem Geräteraum hat er Bodenwichse geholt und damit mehrere Treppen des Hotels eingeschmiert. Nachts um zwei steckte er die Treppen in Brand.
Die aufgeschreckten Gäste hatten keine Möglichkeit mehr zu fliehen. Einige knüpften Leintücher zusammen und ließen sich daran über den Balkon auf die Straße gleiten. Andere kletterten über den Dachstuhl auf Nachbarhäuser. Zehn wurden von dem Brand im Schlaf überrascht und starben in ihren Betten.
Der junge Portier gestand seinen Eltern die Tat, während das Hotel noch brannte.

Vor der geschlossenen Bahnschranke, vor der sie mit Robert oft stand. Abend. In seinem Raum der Schatten

des Wärters. Hinter der gegenüberliegenden Schranke steigt ein Mann aus und geht auf und ab. Die Lichter der Lokomotive tauchen auf, ein Güterzug.
Bei jedem Waggon biegen sich die Geleise am Übergang durch. Später fährt eine einzelne Lok vorbei.
Der Mann dreht an seinem Rad, die Schranken gehen in die Höhe. Radfahrer, die sich an den Autos vorbeigeschoben haben, steigen auf und fahren, im Licht der aufgeblendeten Scheinwerfer, davon.
Vielleicht hat er doch einen Unfall gehabt.
Er ist oft unvorsichtig gefahren, das stimmt. Sie hat ihn von Zeit zu Zeit darauf aufmerksam gemacht.
Sie hat ihm sogar einmal, als sein Leichtsinn sie besonders in Harnisch brachte, gesagt:
— Wart nur, bis es dich einmal zerbröselt.
Sie hat es im Spaß gesagt, aber es hat sie dann doch gereut, als es heraus war. Sie hat später überlegt, ob sie hinzufügen könnte, das habe sie nicht einmal als Scherz sagen wollen.
Aber sie hat sich entschlossen, nicht mehr darauf zurückzukommen, um die Worte nicht noch mehr in Roberts Gedächtnis zu bringen, vielleicht sind sie ihm gar nicht aufgefallen.

Er hat nun dieses andere Leben begonnen, hat er es begonnen? Wie geschieht das? Wie löst eine Situation die andere ab? Weiter wissen, wie ist das möglich?
Tage von unbestimmter Helligkeit, Straßen, Zimmer.
Wachend, schlafend, aufstehend, sich bewegend, sich fragend, was ist, welche Frage.

5

Eben Stimmen von der Straße, als ob zwei in einem Augenblick dasselbe hätten sagen wollen.
Erstaunt über das Zusammentreffen derselben Worte, brechen sie sofort wieder ab.
Es bleibt still.
Inzwischen sind sie wohl weitergegangen.

S. wird sechzig, hat ein paar Freunde eingeladen. Er ist krank, hat wahrscheinlich Leukämie, liegt im Bett, ist immer müde.
Er macht Pläne, freut sich darauf, seinen Garten umgraben zu können.
Der Förster hat seinen Hund erschossen, der sich frühmorgens im Wald verlaufen hatte. Damit wird er seit Wochen nicht fertig.
Auch seine Tochter ist da. Sie hat vor Jahren ihren Mann, einen Pianisten, bei einem Zugunglück verloren, hat ihre Kinder allein großgezogen.
– Robert, erinnert sie sich, schien verhältnismäßig oft mit seinem Leben übereinzustimmen, dann aber auch entzweit; es war manchmal schwer zu erkennen. Es

gab Augenblicke, in denen er wie gelähmt war. Einmal sein Zögern, dann wieder seine abrupten Änderungen.

Bei einem kurzen Gang vor der Stadt dieser Augenblick, in dem alles, Bäume, Weg, Himmelsrand, durchsichtig zu werden schien.
Das Leben immer noch ein Anfang. Ob das immer so sein wird. Ob schließlich Anfang und Ende dasselbe sein werden.
Die Jahre mit Robert. Sehen, wie die Dinge aufgezehrt werden, wenn sie hinter einem zurückbleiben, aufgezehrt und zu Erinnerung werden und dabei neu entstehen.
Dort, gleich hinter den Hügeln, kann man sie sehen, es ist keine Täuschung, sie sind da, sie bleiben freilich in dieser Entfernung, weichen langsam zurück, wenn man versucht, sich ihnen zu nähern. Hält man wieder an, so bleiben auch sie an ihrem Ort, man kann sie tatsächlich sehen. Sie waren für Augenblicke einmal das, was ganz in der Nähe war, was man in die Hand nehmen konnte. Nun sind sie, nachdem sie sich verwandelt haben, etwas weiter entfernt, da, zwischen den Hügeln, in dem noch andauernden Tag.

D.'s Mutter ist gestorben. Bis zuletzt besuchte sie jeden zweiten Sonntag ihre Tochter. Ihren Schwiegersohn, auch ihre Enkelkinder wollte sie nicht sehen. Sie blieben stillschweigend in ihren Zimmern.
Sie redete eine Stunde mit ihrer Tochter, dann ging sie wieder.

Zuerst war die Familie über das sonderbare Wesen der alten Frau verärgert, verbittert, empört. Aber allmählich gewöhnte man sich daran.
Sie hat ihre Kinder ohne erkennbare Zärtlichkeit erzogen. Bevor es nach dem Essen das Dessert gab, habe sie, schreibt D., gesagt: Die Kinder danken.
Die Kinder mußten auf das Dessert verzichten. Sie sollten spartanisch erzogen werden.
Als D. heiratete, wünschte die Mutter, daß das Paar einen Teil der elterlichen Möbel, Decken, Vasen für die eigene Wohnung übernehme. Wenn sie zu Besuch kam, vor allem in den ersten Monaten, sah sie danach, ob alles auch immer an seinem Platz war. Sie sei fast nur ironisch, spöttisch und bissig gewesen, schreibt D.

Sie war im Krankenhaus, hat B.'s kleinen Sohn besucht, der verunglückt ist. Beim Spielen stürzte er von einer Mauer mit dem Rücken auf einen aus dem Boden ragenden Rest eines schmalen Birkenstammes und verletzte sich so stark, daß eine Niere herausgenommen werden mußte. Einige Tage bestand Lebensgefahr. Jetzt erholt er sich rascher, als man es erwartet hatte, hat wieder Lust zu spielen.
Abends geht sie nach langer Zeit wieder zur Eröffnung einer Ausstellung, die der Maler, bei dem Robert einmal gezeichnet hat, in seiner neu gegründeten Galerie veranstaltet, zwei größeren Räumen, die an seine Wohnung anschließen, früher einmal einer Sekte als Bibliothek gedient haben.
Sie kommt etwas später, legt ihren Mantel auf einen

Berg anderer Mäntel, die sich auf einem Tisch im Flur türmen.

— Sie haben etwas versäumt, sagt man ihr.

Ein Freund des Malers hat fünf Miniaturen für Cembalo eines stadtbekannten Komponisten gespielt.

— Wie schade, sagt sie.

Sie trifft einen Buchhändler, den sie flüchtig kennt.

— Ich hätte Sie schon längst angerufen, sagt er, aber ich war so überrascht von dem, was ich im Zusammenhang mit dem Verschwinden Ihres Mannes hörte, daß ich es immer wieder hinausschob, und eines Tages dachte ich dann, es sei zu spät, Sie kennen das ... Eine schöne Ausstellung.

— Ich bin eben erst gekommen, habe mich noch nicht umsehen können.

Zeichnungen und Bildteppiche einer noch nicht dreißigjährigen Künstlerin.

— Diese zart konturierten Käferformen, sagt jemand.

— Dieses Raster, das Raum schafft.

— Bei den Wandteppichen dieser Sinn für textile Effekte.

— Ebenso intelligente wie phantasievolle Arbeiten.

Der Maler fragt sie, ob sie nicht zu dem Faschingsfest kommen möchte, das in vierzehn Tagen in seiner Wohnung stattfindet, unter dem Motto: im Tal der Puppen.

— Ich will es mir überlegen.

E., ein Freund Roberts, ist zu einer Tagung in die Stadt gekommen.

— Photogrammetrie?

— Vermessung der Erdoberfläche mittels Luftaufnahmen.

Wie es der Familie gehe.
— Gut, nur die Tochter macht Sorgen. Am Studium der Psychologie hat sie keinen Spaß mehr. Sie redet mit niemandem ein Wort, geht nirgends hin.
E. schreibt ein Lehrbuch. Er will ein Institut für Polarforschung gründen.
— Das gibt es nicht?
— Für die deutschsprachigen Länder noch nicht.
Er ist voller Pläne; braucht wenig Schlaf. Wenn er auf der Autobahn lange Strecken fährt, sagt er sich Gedichte her, die er auswendig gelernt hat. Einen großen Teil des Jahres ist er unterwegs. Am meisten liebt er Expeditionen. Er kämpft gegen das Zerstreutsein, bei dem er sich oft ertappt. Sich zusammenfassen, sagt er mehrere Male. Robert habe er um diese Fähigkeit beneidet.

P. macht Marktforschung. Sie muß die Leute fragen, was für Kaffee sie am liebsten trinken, wie oft am Tag, seit wann, und hundert andere Dinge. Für ein Gespräch rechnet sie eine Stunde.
Sie muß oft auf Dörfer hinausfahren, mit Bus oder Bahn, sie verbraucht viel Zeit beim Warten an Haltestellen.
Die Leute sind meist freundlich, manchmal zurückhaltend, sind stolz auf ihr Baby oder darauf, daß jemand aus der Stadt kommt, um sie zu interviewen.
Abends ist sie erschöpft. Sie füllt ihren Bogen genau aus, auch wenn sie manchmal in Versuchung ist, die Fragen mit ja oder nein oder mit Kreuzchen selbst zu beantworten, um Zeit zu sparen.

Aber sie weiß, daß die Überprüfungen streng sind. Auch bei Familien, bei denen sie war, sind einige Wochen später Kontrolleure gewesen, die noch einmal verglichen.
Sie würde gern mehr lesen.
– Vor allem die Utopien, die im Laufe der Jahrhunderte entstanden sind.
Was sie am meisten verblüffe: daß man das, was man wisse, immer neu erst entdecken müsse.
Sie ist die einzige, die immer noch sagt: Du wirst sehen, Robert kommt wieder.

Hin und wieder hat er ihr von seiner Arbeit im Institut erzählt. Er ist wie gebannt davon gewesen, daß sich das, was man beobachte, unter dem Vorgang der Beobachtung entziehe.
Draußen winkt ein Lastwagenfahrer einem Mädchen, das er auf dem Gehsteig entdeckt hat, hält an, ruft ihm etwas zu, das Mädchen läuft zu dem Wagen hin, springt aufs Trittbrett, der Mann fährt an, fährt langsam davon, die beiden unterhalten sich dabei.

J.'s Tochter überlegt, was und wo sie nach dem Studium wird arbeiten können. Am liebsten wäre sie in einer Anstalt tätig, in der man versucht, Triebverbrecher zu resozialisieren. Sie hat viel darüber gelesen.
Sie weiß nicht, ob sie eine Möglichkeit zu einer solchen Tätigkeit haben wird. Sie hat das Gefühl, für keine Aufgabe wirklich ausgebildet zu werden.
Vielleicht habe sie zu viel in anderen Fakultäten herumgehört, meint sie. Sie habe sich von Anfang an nicht recht

auf ein Fach konzentrieren können. Sie habe sich immer zu viel vorgenommen, deshalb sei ihr so wenig gelungen. Es seien zwar angenehme Jahre gewesen, aber sie sei zu keinem Ergebnis gekommen.

Damals am ersten Abend das Warten auf Robert. Sie hat einen Aschenbecher geleert, aus einer Vase am Fenster ein paar verblühte Tulpen entfernt, im Flur den Fußabstreifer zurechtgerückt, hat später Klaus angerufen, ihn gefragt, ob er an dem Tag mit Robert gesprochen habe, er sei noch nicht nach Hause gekommen. Wahrscheinlich sei er gerade unterwegs, hat Klaus geantwortet.

Sie versteht noch immer nicht, daß sie die Straße nicht fand. Bei der dritten Ampel links, dann zweite Querstraße rechts, den Straßenbahnschienen folgen bis zu einem größeren Platz, jenseits davon beginnt die Straße. So hatte es der Mann, den sie gefragt hatte, erklärt. Klar genug. Sie zählte die Ampeln.

Bei der zweiten sah sie einen Mann und eine Frau, die miteinander sprachen, während sie auf die Trambahn warteten. Sie schienen etwas zu bereden, was sie bedrückte, das konnte man ihren Mienen ablesen. Es gab auch Augenblicke, in denen sie heftig wurden. Überraschend war, daß sie jeweils nach ein paar Sätzen, die sie gewechselt hatten, sich zehn, zwanzig Meter voneinander entfernten, mit verhältnismäßig raschen Schritten.

Sie gingen dann wieder aufeinander zu, redeten ein paar Worte und gingen jeder erneut in seine Richtung. Das

wiederholte sich dreimal innerhalb der kurzen Spanne, in der sie darauf wartete, daß die Ampel auf Grün schaltete.
Bei der dritten Ampel konnte sie nicht nach links abbiegen, das hatte der Mann zu erwähnen vergessen.
Einige Straßen weiter gelang es, sie suchte sich zurechtzufinden, aber entdeckte den Platz nicht. Sie konnte sich die Richtungen nicht mehr vorstellen, nicht kombinieren, hatte die Übersicht verloren, war in eine Nebenstraße geraten, in der es um diese Stunde schon still war.
Sie wollte noch einmal jemanden fragen, fuhr langsamer. Es dauerte eine Weile, bis sie einen jüngeren Mann auftauchen sah.
Er sei nicht aus der Stadt, er wisse die Straße nicht.
Später eine Gesellschaft von einigen Leuten, die ein Haus verließen. Sie stieg aus, ging zu ihnen hinüber. Sie suchten ihr zu erklären, wie sie fahren müsse, aber sie war schon so weit in einen Außenbezirk geraten, daß sie gleich wußte, daß sie jetzt nur die Richtung einhalten, aber nach einiger Zeit noch einmal würde fragen müssen.
An einer Baustelle – aufgerissene Straße, Sandberge, Bretterstapel, Kabelrollen, Rohre, Draht mit weißen und roten Fähnchen um das Ganze – mußte sie umkehren, sie hatte offenbar den Hinweis übersehen, daß die Straße als Sackgasse endete.
Sie wendete vor einem Kleidergeschäft, vor Schaufensterpuppen mit grünen Blusen und schwarzen Mänteln, kam an einem Polizeirevier vorbei, dachte an den Spanier, von dem sie gelesen hatte. Als Polizisten in einem Männerwohnheim jemanden aus Venezuela, den sie such-

ten, nicht fanden, nahmen sie den spanischen Gastarbeiter mit und sperrten ihn in eine Zelle der Haftanstalt, wo er die fünftägige Strafe absitzen mußte, die der Venezuelaner mit einem ähnlich klingenden Namen erhalten hatte. Als man den Spanier aus der Haft entließ, war er an Beinen und Kopf verletzt und mußte eine Woche lang in der Universitätsklinik behandelt werden. Kleinlaut und zerknirscht gab ein Sprecher des Polizeipräsidiums die Verwechslung zu. Die Beamten seien nachlässig gewesen, man habe gegen sie ein Disziplinarverfahren wegen fahrlässiger Freiheitsberaubung und wegen Körperverletzung eingeleitet. Als man den Spanier in die Haftanstalt gebracht hatte, wollte er — er sprach nur gebrochen Deutsch — den Irrtum aufklären. Die Polizisten weigerten sich, auf das, was er sagte, einzugehen, brachten ihn statt dessen in eine Beruhigungszelle. Auch am nächsten Morgen sagte er, daß er unschuldig sei. Dem Leiter des Gefängnisses kamen Bedenken, er rief das Polizeipräsidium an, wo man ihm selbstzufrieden versicherte, man habe den Richtigen verhaftet, sein Paß sei gefälscht. Die Verzweiflung des Spaniers wuchs. Niemand dachte daran, einen Dolmetscher zu bestellen oder dem spanischen Konsulat Nachricht zu geben. In der Nervenklinik hörte man den Mann, der von Verfolgungswahn besessen war, an, verständigte das spanische Konsulat, wo die Verwechslung innerhalb weniger Stunden aufgeklärt werden konnte. Der Spanier hatte befürchtet, er sei aus politischen Gründen von Portugiesen entführt worden.
Der kleine Park. An dem Park entlang, dann halblinks,

hatte der Mann gesagt. Spielende Kinder, ein Ball, der über die Straße rollte, ein Radfahrer, der deshalb plötzlich auswich. Ahorn, Akazien. Die Bäume erinnerten sie an einen Traum aus der vorangegangenen Nacht. Sie kletterte an einem senkrecht abfallenden Waldboden hoch, indem sie sich mit den Händen von einem zum andern der ziemlich dicht stehenden, meist schmalen Stämme zog. Sie konnte nicht erkennen, was für Bäume es waren, da es ihr unmöglich war, zurück – in Richtung der Kronen – zu sehen. Den Stämmen nach zu schließen, handelte es sich um Buchen. Sie hatte nicht den Wunsch, sich umzublicken. Sie wußte nur, sie mußte zwischen den Stämmen weiter. Es war nicht abzusehen, wie lang, wie weit, sie sah nur den Boden und mußte achtgeben, nicht abzustürzen.

Am Ende des Parks halblinks. Bis zu einer Straßenecke, an der ein Zeitungskiosk stehen sollte. Aber sie fand den Kiosk nicht. Sie fuhr ziemlich lange geradeaus, kehrte um, bog an irgendeiner Kreuzung ab, kam zu einer Straße, die an einem alten Rangierbahnhof entlangführte. Es war schon spät geworden, sie war nicht sicher, ob es noch Sinn haben würde, die Straße zu suchen. Sie kam wieder an der Trambahnhaltestelle vorbei, an der sie den Mann und die Frau gesehen hatte, die sich einige Male voneinander entfernten und wieder aufeinander zugingen, sie geriet noch einmal in die Sackgasse mit der Baustelle, fand sich wieder an dem Park.

– Der Unsinn zu leben, sagt J. beiläufig, nachdem er ihr erzählt hat, daß er Grippe hatte.

Sie wünscht ihm gute Zeit.
— Das gute Leid nicht zu vergessen, gibt er zur Antwort.

Der Wohnungs- und Haushaltsbogen für eine Gebäude- und Wohnraumzählung ist gekommen. Nach Name, Geschlecht, Geburtstag, sozialer Stellung und Staatsangehörigkeit wird gefragt. Ob man mit einem Ehepaar zusammen wohne, das in den letzten vier Jahren geheiratet hat, ob man Wohnungsinhaber oder Untermieter sei, wie viele Haushalte in der Wohnung lebten, ob es sich um eine Dienstwohnung handele, ob die Wohnung als ständiger Wohnsitz genutzt werde oder als Wochenend-Ferienhaus oder Zweitwohnung, ob die Wohnung das ganze Haus umfasse oder im Keller, Erdgeschoß, Dachgeschoß oder in einem Stockwerk liege und im wievielten, ob sie mit Küche oder Kochnische ausgestattet sei, ob die Küche eine Wasserzapfstelle und einen Ausguß habe, ob es ein Bad gebe und was für eine Toilette, wie die Wohnung geheizt werde, in welchem Jahr man eingezogen sei, ob man neben der Miete Beiträge für Wasser, Kanalisation, Straßenreinigung, Müllabfuhr zahle und wieviel, in welcher Gegend der Stadt man am liebsten wohne, ob man gern ein Wochenendhaus hätte, ob einem Einfamilienhaus oder Etagenwohnung lieber sei, ob man beabsichtige, ein Haus zu bauen.
Sie füllt so etwas zum ersten Mal aus, bisher hat es Robert getan.

Auf dem Weg zur Post denkt sie an eine Stunde, in der sie miteinander über die Frage sprachen, ob das Labyrinth und die Gerade Gegensätze sind, oder ob das Labyrinth eine Gerade ist. Er war nicht oft zu solchen Gesprächen aufgelegt, aber damals fing er Feuer und sagte, er könne sich das Labyrinth am ehesten als Gerade vorstellen.

Sie hat geträumt. Ein Auto fährt mit voller Gewalt auf eine Mauer zu. Man hat zuerst den Eindruck, der Fahrer wolle nur zeigen, daß er schnell darauf zufahren und dann scharf bremsen kann. Aber er schafft es nicht, prallt auf, eine Explosion, der Mann steigt aus, taumelt, geht auf einen Gasthaustisch zu, der in der Nähe steht, taumelt, zieht den Stuhl zurück, öffnet eine Flasche, gießt sich ein, taumelt noch immer, sucht sich zu setzen. Aber man weiß, daß er längst tot ist.

Grippe. Halb liegend, halb sitzend, gestützt durch zwei Kissen. Die Lampe hinter ihr spiegelt sich in dem einen Flügel des geöffneten Fensters.

Drüben die Dächer, der seit Tagen graue Himmel.

Sie ist seit Anfang der Woche nicht draußen gewesen, hat die Stadt nicht gesehen, keine Gesichter. Robert hat nicht angerufen, nicht geschrieben.

Den Vormittag bringt sie lesend zu. Zeitung, Drucksachen, die sie im Briefkasten findet; zu dem sie sich zu weit hinunterbücken muß, weil er knapp über dem Boden an der Wand angebracht ist.

Sie ist schon nach zwei Stunden wieder müde, hört Kindergeschrei, hört, daß im Treppenhaus zwei Frauen miteinander streiten, merkt aber, daß sie unempfindlich geworden ist Lärm gegenüber. Vielleicht ist sie auch über-

empfindlich, sie ist doch gespannt, wie das Geschrei und der Streit enden werden, sie möchte aufstehen, muß sich zwingen, liegenzubleiben.
Der Regen, der eingesetzt hat, fällt nicht einfach vom Himmel. Es ist vielmehr, als suche er sich in die Häuser hineinzubohren, so rasch und heftig ist er.
Sie würde gern mit jemand ein paar Minuten sprechen. Vielleicht mit Klaus. Er war der erste, mit dem sie damals gesprochen hat. Sie wird ihn anrufen.

6

Keine Ruhe, sie fährt in den Nachbarort, ist im Speisewagen mit Zeitung und Kaffee, zwei junge Mädchen sitzen ihr gegenüber, essen Ravioli, rechnen in einem Notizbuch Ausgaben zusammen, die sie an dem Tag gehabt haben.
Tische hintereinander, sich spiegelnd in der Tür, in den Fenstern, Männer und Frauen, eine Hand, die Bier in ein Glas gießt.
Sie würde jetzt in ihr Abteil gehen, aber der Zug ist überfüllt, es ist besser, hier sitzenzubleiben, obwohl sie nicht den Kopf gegen die Wand lehnen kann.
Eine Frau mit einem Koffer geht durch den Wagen. Drei Engländerinnen setzen sich an den noch freien Tisch und schreiben Postkarten.
Sie liest, daß die Neigung zum Selbstmord bei Männern größer sei als bei Frauen, vor allem, wenn ihre wichtigsten Wünsche erfüllt seien.

Im Bad hat seit zwei Tagen die Lampe über dem Spiegel nicht gebrannt, die Birnen sind ausgeglüht. Da das Bad kein Fenster ins Freie hat, hat sie eine Kerze benutzen

müssen. Sie hat am ersten Abend versucht, die Hülle über den Birnen wegzuschrauben, es ist ihr nicht gelungen. Sie fragte den Nachbarn. Er hat die Hülle einfach seitlich herausgezogen. So einfach, sagte sie. Daß ich nicht darauf gekommen bin. In der Stadt hat sie zwei kleine Birnen mitgenommen, hat sie in die Fassungen geschraubt, aber nur eine davon brennt.
Sie ist oft im Café, hört die Schritte der Kommenden und Gehenden. Jetzt gibt das Mädchen einer Frau Kleingeld heraus, das auf die Tischplatte fällt. Zwischendurch, während es nichts anderes zu tun hat, ißt das Mädchen etwas. Ein Mann setzt sich einen Augenblick zu ihm.

Sie hat Klaus eingeladen, legt den Hörer auf. Die Motorhaube eines Lastautos schiebt sich draußen vorbei, wird angehalten, zittert, schiebt sich weiter, während der Lärm der Maschine sich verstärkt, wieder schwächer wird.
Sie verläßt das Haus, muß etwas besorgen fürs Essen, steht an der Ampel, überquert die Straße in einem Schwarm von Menschen, die die Straße ebenfalls überqueren, sieht zwischen den Köpfen der vor ihr Gehenden von der anderen Seite der Straße ebenfalls einen Schwarm von Menschen sich nähern. Die beiden Gruppen vermischen sich, als sie aufeinander treffen, und entfernen sich wieder voneinander. Sie wird sich einen Rock und eine Bluse kaufen.

Im Institut gehe es nur noch halb so lebhaft zu wie früher, sagt Klaus.

– Wer wird an Roberts Stelle kommen?
– Es ist noch nicht entschieden.
Ein durchsichtiges Blau läßt Häuser und Straßen erscheinen, als seien sie ein wenig verschoben worden; macht den Gang der Menschen leichter; erzeugt in Fensterscheiben Spiegelungen, die neue Fernen geben. Leuchtschriften flammen regelmäßig auf, vermitteln einen Widerschein in Schaufenstern und Karosserien, verlöschen.
– Wir werden die Stelle nicht neu besetzen müssen. Er wird wieder kommen.
– Er wird nicht mehr kommen.
Sie erschrickt darüber, daß sie es sagt. Ist er überzeugt von seinen Worten? Will er sie trösten? Will er sehen, was sie für eine Antwort gibt?
Sie horcht ihren Worten nach. Sind sie unmißverständlich gewesen? Sie fühlt sich unfreier und unsicherer als vorher. Wahrscheinlich merkt er es gar nicht.
Wie kann er es auffassen, wenn ihre Antwort mißverständlich gewesen ist?
– Du hast recht, sagte sie.
– Womit?
– Daß er wieder kommen wird.
– Man kann da nicht recht haben.
– Ich meine nur.
Sie kann in seinem Gesicht nicht erkennen, was er denkt, es ist ohne Bewegung. Mit jeder Minute ist sie mehr davon überzeugt, daß sie einen Fehler gemacht hat.
Das Fenster steht zur Hälfte offen. Es gibt jetzt Augenblicke, in denen die Kreuzung fast leer ist, allein mit dem Zifferblatt der großen Uhr.

Von Wärme fließende Tage.
Sein Gesicht, zu seinem Teller geneigt. Die Geräusche der Messer und Gabeln auf den Tellern, das hartnäckige Sirren einer Mücke in einer Ecke des Zimmers, die sich nähernden und wieder entfernenden Schritte der Passanten machen ihr deutlich, daß etwas vergeht.
Sie müssen jetzt das Thema wechseln. Sie dürfen nicht weiter von Robert sprechen. Sie müssen einen Übergang finden.
Es muß Klaus doch auffallen, daß sie so lange nichts sagt. Aber warum sagt er nichts. Ist er nur müde?
Er trinkt ihr zu.
– Die Hoffnung, daß er wieder kommt, besteht ja noch immer, sagt sie.
– Natürlich.
Ist er zurückhaltend, weil er sie schonen will; um nicht mehr als nötig davon zu sprechen; oder weshalb?
Die Stadt scheint auf etwas zu warten; ist im Begriff, sich ihre Geschichte für diesen Abend zu bilden; schließt sich durch die beginnende Dunkelheit von der Umgebung ab.
Der durchsichtige Augenblick von vorhin ist verwischt.
Sie zieht den Vorhang vor, schenkt Wein nach, trinkt rasch.
Die Stadt ist nahezu leer; das Geräusch der Tram scheint auf der Kreuzung fast zu hallen, sich ausdauernder fortzusetzen als sonst.
– Du schienst bedrückt, als du kamst, sagt sie.
Er schüttelt den Kopf.
Sie schweigt. Vielleicht ist sie befangen.

Sie sieht ihn, das Glas in der Hand, und für Sekunden ist ihr der Augenblick merkwürdig, der Mann, die Lehne des Stuhls, die zum Teil sichtbar bleibt, die Wand hätten sich unauffällig von einer dahinter liegenden Schicht gelöst und würden im nächsten Augenblick zur Seite geschoben.

Sie hat Mühe, sich klarzumachen, daß er da ist. Aber er ist da, mit seinem harten Gesicht, das sie seit fünfzehn Jahren kennt. Sie versucht es so zu sehen, als sehe sie es zum ersten Mal.

Sie fürchtet, er werde, wenn er sein Glas ausgetrunken hat, gehen. Es wäre ihr nicht möglich zu sagen, er möge noch bleiben, sie hätten sich lange nicht gesehen. Sie muß ihn etwas fragen, was ihn dazu bringt zu erzählen, sie weiß nicht, was sie ihn fragen soll.

Sein Blick bleibt auf ihren Schultern, sie knüllt ein Stück Papier zusammen, man hört die Stimmen zweier Männer, die unter dem Fenster vorbeigehen, sie schließt es.

— Danke, daß du gekommen bist.

Er nickt, steht auf, um den Aschenbecher zu leeren, in der Küche.

— Hier gibt es andere, ruft sie ihm nach. Aber er ist schon draußen, sie hört seine Schritte.

— Hab Mut, sagt er, als er wieder hereinkommt.

Etwas anderes weiß er also nicht zu sagen. Sie antwortet nicht, seine Worte sollen vergehen, als ob sie nicht gesagt worden wären. So hat ihre Enttäuschung wenigstens keine Gelegenheit, größer zu werden.

Er findet wahrscheinlich nichts bei seinen Worten, sicher meint er sie aufrichtig. Vielleicht ist sie zu empfindlich,

weil sie diese Worte zu oft gehört hat, vielleicht ist ihre Abwehr übertrieben.
— Warum sagst du nichts, fragt er.
Es ist halb elf, um diese Zeit hat sie mit Robert die Wohnung meist noch einmal verlassen. Sie sind eine Weile gegangen. Die Bewegung, mit der er seine Jacke oder seinen Mantel umgeworfen hat.
— Du wirst jetzt gehen müssen, sagt sie, sonst erreichst du den Zug nicht mehr.
— Bis zum nächsten Mal, sagt er. Unter der Wirkung des Weins ist sein Gesicht von den Rändern her nachgiebig geworden.

Zur Straße hin ist der Gehsteig fast frei, weil sich die meisten in unmittelbarer Nähe der Hausmauern fortbewegen, um etwas vor dem Regen geschützt zu sein.
Sie kauft Kaffee, nimmt auf der Post Marken mit, wartet vor einer Telefonzelle, in der ein junger Mann spricht, sich ihr manchmal zuwendet, sie sieht und doch nicht wahrnimmt, ihr wieder den Rücken zudreht, sich gegen die Scheibe lehnt, ein Bein dagegen stemmt, nachdenklich ist, und dann rascher, als sie es erwartet hätte, einhängt, die Zelle verläßt und davonläuft.
Sie wird jetzt doch niemanden anrufen.
Sie findet sich auf dem Weg zu ihrem Café, findet es wieder geöffnet, nach Ferienwochen, findet es beinahe leer. Das Mädchen wischt die Tische ab. Die Zeitungen liegen noch unbenutzt, eingerollt in den Fächern. Sie setzt sich in die Nähe der Theke.
Eine Frau ist da mit zwei Kindern, ein Mann, der sich

mit dem Mädchen unterhält. Sie kann sein Gesicht nicht sehen, weil das Mädchen vor ihm steht. Nur seine Hand ist erkennbar, die er ausstreckt, mit der er dies und jenes, das er sagt, unterstreicht.
Der Mann gehört nicht zu der Frau mit den Kindern, er sitzt drei Tische weiter.
Was läßt sie ruhiger werden? Das Aufblättern der Zeitung? Das Fortschreiten des Vormittags? Sie hat keine Schmerzen, sie ist gegangen, hat dieses Café erreicht, diesen Platz gefunden. Das Bild ihres Mannes ist unscharf, und sie hat jetzt nicht einmal den Wunsch, es schärfer zu sehen.
Die Tür öffnet sich, sie sieht ein junges Paar eintreten, sieht sich einen Augenblick gespiegelt in dem durch einen dahinter hängenden Vorhang schattigen Glas, sieht dieses Glas auf sich zukommen und wieder in seine Ausgangslage zurückkehren.
Sie ist hier und frühstückt und ist nicht unglücklich. Vielleicht weil sie zu erschöpft ist.

Sie ist früh aufgewacht, weil die Sonne auf den Scheiben stand und das Zimmer, trotz des geöffneten Fensters, von so schwerer Luft erfüllt war, daß es ihr Mühe machte, zu atmen.
Sie sitzt nachher im Zimmer auf der Westseite, schläft noch einmal ein.
Später fährt sie in die Nachbarstadt, obwohl sie kaum Lust dazu hat, packt widerwillig, fährt los, wenigstens bis zum Stadtrand, denkt sie, dann kann sie immer noch umkehren.

Sie fährt bis zur Autobahneinfahrt, auf die Autobahn, immer noch widerwillig.
Sie tankt unterwegs. Es wäre noch Zeit, umzukehren.
Sie fährt einen falschen Weg.
– Haben Sie das Verbotsschild nicht gesehen? fragt der Ortspolizist, der in Zivil zufällig hinter ihr herfährt und sie nach einigen Minuten anhalten läßt.
Sie fährt zurück, sieht das Schild, fährt zwei Stunden bis in die Stadt, widerwillig.

Sie besucht Klaus im Institut, es ist eine Woche her, seit er dagewesen ist. Sie hat gedacht, er würde nach dem gemeinsamen Abend noch einmal anrufen, am nächsten oder übernächsten Tag.
Sie findet ihn in seinem Labor, er scheint sich darüber zu freuen, daß sie kommt.
– Hast du ein bißchen Zeit? fragt er, obwohl er sehen müßte, daß sie nicht in Eile ist.
Sie nickt. Schön, sagt er, und merkt, daß er noch etwas hinzufügen müßte.
– Was hast du gerade gemacht?
– Gelesen, sagt er zerstreut, aber es hat den Anschein, daß er es nur gesagt hat.
– Hab' ich dich gestört?
Er schüttelt den Kopf.
– Aber nein, sagt er dann.
– Ich hab' in den letzten Tagen ein paarmal an dich gedacht, sagt sie. Ich war froh, daß du gekommen bist.
Er umarmt und küßt sie. Sie scheint einen Augenblick nachzugeben, dann macht sie sich frei.

Sie ist am Stadtrand, zwischen Feldern. Einige Meter vor ihr überquert ein Mann den Weg. Später, während sie sich einmal umwendet, sieht sie einen Mann in weiterer Entfernung ihr folgen. Sie weiß nicht, ob es derselbe Mann ist, den sie zuvor den Weg hat überqueren sehen.
Sie geht weiter, biegt aber nach einiger Zeit in einen Seitenweg ein, anstatt geradeaus weiterzugehen, wie sie es vorgehabt hat.
Während sie einbiegt, kann sie, ohne daß es dem Mann auffallen würde, flüchtig in die Richtung sehen, aus der er kommt.
Sie geht auf dem Weg fort, sie rechnet sich aus, wie viele Minuten der Mann brauchen würde, um an der Stelle angelangt zu sein, an der sie von dem Weg abgebogen ist. Sie wird sich, wenn sie die Hütte dort erreicht haben wird –, umwenden. Dann wird der Mann vorbeigegangen oder ebenfalls in den Weg eingebogen sein.
Bei der Hütte wendet sie sich um, sieht, daß der Mann ihr weiterhin folgt. Er hat es merken müssen, daß sie sich umgedreht hat.
Sie beschleunigt ihre Schritte nicht. Sie biegt wieder ab, sie möchte zurücksehen, tut es aber nicht. Sie tritt vorsichtig auf, denn sie horcht, ob sich die Schritte des Mannes hinter ihr nähern. Wenn er schneller ginge, müßte sie sie bald vernehmen.
Sie biegt ein drittes Mal ab. Radfahrer begegnen ihr, ein Mann und eine Frau. Sie geht etwas langsamer, hält einen Augenblick an, bricht sich an einem Strauch einen Zweig ab, erkennt dabei, obwohl sie den Kopf nur eine Spur

zur Seite wendet, daß ihr der Mann noch immer im gleichen Abstand folgt. Später hört sie seine Schritte, wendet sich um.
— Ich mußte Ihnen folgen, sagt er.
Sie kommen zu einem Kanal, dann auf eine Landstraße.
— Sie gehen oft in der Gegend spazieren? fragt der Mann.
— Manchmal.
Ein paar hundert Meter zur Linken fährt langsam ein Güterzug vorbei. Felder davor, Telegrafenmasten, Drähte.
— Sie wohnen in der Nähe? fragt sie.
— Dreißig Kilometer von hier, ich bin nur einen Tag in die Stadt gekommen.
— Dachten Sie, als Sie mich sahen, gleich daran, mir zu folgen?
— Ja.
— Warum haben Sie so lange gezögert, mich einzuholen?
— Es war kein Zögern. Ich wollte sehen, was Sie tun würden, wenn Sie bemerkten, daß ich Ihnen folge.
Sie kommen an einem Wasserturm vorbei, dann an einem Kieswerk.
Sie weiß den Mann neben sich.
— Sie haben einen Beruf? fragt er.
Sie zuckt die Achseln.
— Ich könnte es mir denken. Photographin?
Sie schüttelt den Kopf.
Ein Lastwagen mit Anhänger fährt vorbei. Er hat Kies geladen, der noch naß ist, der tropft und auf dem Asphalt parallele Spuren hinterläßt.
— Sie sind der erste, der mich seit langem angesprochen hat.

Neubauten. Sand, Erde, ist aufgeschüttet, von Gras und Ginster überwachsen.
Da und dort ruft man den Kindern, nach Hause zu kommen.
Sie denkt daran, daß Robert jetzt möglicherweise auch einer Frau folgt. Er sieht manchmal, daß sie sich umwendet, aber sie beschleunigt ihre Schritte nicht. Er könnte schneller gehen, um sie rascher einzuholen, aber er folgt ihr zunächst in gleichbleibendem Abstand, es macht ihm Spaß, ihr einfach zu folgen. Er ist gespannt darauf, ob sie an der nächsten Wegkreuzung wieder abbiegen oder ob sie geradeaus weitergehen wird. Sie hat einen schönen Gang.
Später geht er schneller, holt sie allmählich ein, ist bald so nahe bei ihr, daß sie seine Schritte hören muß.
Sie wendet sich um.
– Ich mußte Ihnen folgen, sagt er.
Sie gehen zusammen weiter, kommen zu einem Kanal, den sie überqueren, dann zu einer Landstraße. Ein Güterzug fährt vorbei. Felder, Telegrafenmasten, Drähte. Sie fragt ihn, ob er in der Nähe wohne. Er wird sagen, er sei unterwegs, auf einer Reise.
Sie fragt ihn, ob er gleich, als er sie gesehen habe, daran gedacht habe, ihr zu folgen. Er wird nicken.
Warum er so lange gezögert habe, sie einzuholen, wird sie fragen. Es sei kein Zögern gewesen, wird seine Antwort sein. Er habe nur sehen wollen, was sie tun werde, wenn sie merkte, daß er ihr folge.
Ein Wasserturm, ein Kieswerk. Ein Lastwagen mit Anhänger, der Kies geladen hat. Häuser hinter den Feldern,

wo kurz zuvor der Güterzug vorbeifuhr. Eine Frau kommt ihnen entgegen, trägt eine schwere Tasche. Ein abwesendes Gesicht.
Neubauten, Sand, Erde, Gras, Ginster. Da und dort ruft man nach den Kindern.

7

Die Stille, diese Stille, man könnte meinen, sie sei ein Aufruhr. Haben sie denn zusammen gelebt, war sie, war er denn da? Wenn es möglich wäre, wenigstens diese Stille zur Ruhe zu bringen. Sie lebt hier, er ein Stück weiter draußen, sie sieht ihn nicht, aber er kann ja nicht weit sein. Sie hört die Uhr auf dem Tisch, sie sieht die Schnur der Lampe auf dem Holz des Tisches, es ist spät in der Nacht, und still. Möglich, daß er gleich kommen wird, daß sie seine Schritte vor dem Haus hören wird, daß sie ihn läuten hört, daß sie die Tür öffnen wird.

Sie geht früh schlafen, legt sich zurecht, den Arm erst nach oben ausgestreckt, so daß der Kopf darauf zu liegen kommt, aber so ist es nicht gut, sie streckt den Arm waagrecht von sich weg, berührt mit der Hand das Holz des Rahmens.

Sie schließt die Augen, will dem Schlaf helfen, spürt aber bald, daß sie, anstatt einzuschlafen, wacher wird.

Sie knipst das Licht an, liegt auf dem Rücken, wenn das Licht brennt, kann sie manchmal besser einschlafen.

Klaus hätte sie gern eingeladen. Warum hat sie wieder abgesagt? Sie wird ihn anrufen, wird keine Bedenken mehr haben. Was machen wir, wird sie sagen, wie steht's mit uns. Sie wird auf seine Antwort warten, er wird sagen: Wunderbar, oder abgemacht... Sie hat Ionescos ›Der König stirbt‹ gesehen, hat Behringer gesehen, der tot sein wird, wenn das Spiel zu Ende ist. Sie hat gesehen, wie er den Gleichgültigen zu spielen sucht, dann protestiert, dann jammert, wie er den Wolken zu befehlen sucht, zu verschwinden, und der Sonne, zu scheinen, sie hat gehört, wie ihn die Königin gegen Ende, als sein Herz noch einmal deutlicher zu schlagen beginnt, fragt: »Wozu die Unruhe?« Sie hat nach der Sendung Zeitung gelesen, bevor sie zu Bett gegangen ist, sie hat die Bilder des sterbenden Behringer nicht mit in den Schlaf nehmen wollen...

Sie hört einen Kauz rufen, ferner, näher, ferner, es ist selten, daß der Kauz ruft hier in der Stadt.

Sie wird mit Klaus zusammen sein. Sie weiß natürlich, daß sie wieder zögern wird, sobald sie es sich fest vorgenommen, sobald sie einen Termin vereinbart haben wird...

Sie steht am Fenster, sieht einen Mann, der sich eine Zigarette anzündet und weitergeht, sie legt sich wieder hin. Das Leben mit Robert, diese Jahre, sie hat in dieser Wohnung gelebt, sie waren kaum einen Tag getrennt, sie sind miteinander gereist, Robert hat gearbeitet, sie hatten Freunde, es war eine schöne Zeit, und doch ist vielleicht alles ohne sie geschehen...

Die Erschöpfung, immer wenn sie am stärksten war, war auch der Trieb zur Selbsterhaltung am stärksten, und es ergab sich eine merkwürdige Art der Klarheit, so wie gestern, mitten am Tag, als sie eine Stunde geschlafen hat und dann aufgewacht ist, aber nicht ganz, sondern nur so, daß sie die Welt wieder gehört hat. Ich höre die Welt, hat sie gedacht, als sie aufgewacht ist, die Augen hatte sie noch geschlossen, sie hat sie minutenlang nicht geöffnet, hat nur auf das Rauschen gehört, das Vorbeifahren der Autos, während sie noch die regelmäßigen Züge des Schlafs genossen hat. Sie hat dabei die Vorstellung gehabt, die Welt, sie kann es nicht anders nennen, die Welt treibe von ihr weg. Sie hat den Horizont sich krümmen und die Gegenstände leicht werden sehen, ja, sie hat gesehen, wie sie leicht werden durch die Entfernung, die Häuser und Stauwerke und Lastzüge, die Berge. Die Farben sind blaß geworden, die Welt war da und nicht da. Sie hat nicht geträumt, sie hätte ja die Augen öffnen können, wenn sie gewollt hätte. Sie hat sie dann geöffnet und einen Augenblick die Klarheit verstanden, es war alles wieder herangerückt...

Kaum ein Fußgänger ist noch zu hören.

Während ihrer letzten Reise, nach England, sind sie ein paar Stunden mit einer jungen Frau in einem Abteil gewesen, die sich, als sie einmal hinausgegangen ist, beim Zuschieben der Tür zwei Finger eingeklemmt hat. Es ist ihr schwindlig geworden, Robert hat sie durch den Gang geführt, auf der Suche nach jemand, der Verbandszeug hätte...

Das Telefon, so spät? Eine Fehlverbindung...

Die Lampen über der Straße schneiden Kreise aus der Dunkelheit, Kreise, die sich verschieben, wenn der Wind die Lampen bewegt.

Sie wird Klaus anrufen, wird mit ihm zusammensein. Wenn er nur anschließend gleich weg wäre, einfach verschwunden. Wenn sie nicht mit ihm sprechen müßte...

Ein Auto hält unter dem Fenster. Sie hat nicht gehört, wie es sich näherte. Erst jetzt, als der Motor verstummt, wird es ihr bewußt. Robert kann nach so langer Abwesenheit nicht einfach anhalten und hereinkommen, als sei nichts gewesen. Sie hört genau hin, es steigt niemand aus. Sie geht zum Fenster, kann eine Frau erkennen, Mantel, Arm, Hand, dann den Arm, die Hand eines Mannes, die die Hand der Frau ergreift, sich wieder löst. Der Wagen fährt an und davon.

Robert kann nicht tot sein. Aber sie hat daran gedacht, daß er bei einer nächtlichen Fahrt von der Straße abgekommen und einen Hang hinuntergestürzt ist. Die Straße ist dort, wo er die Herrschaft über seinen Wagen verloren hat, unbegreiflicherweise nicht durch eine Betonbrüstung abgesichert. Er ist lange gefahren, hat kein Zimmer gefunden, hat sich vorgenommen, bis zur nächsten größeren Stadt, die noch hundertundzwanzig Kilometer entfernt ist, weiterzufahren, hat wieder nicht damit gerechnet, daß er abends zu rasch müde wird. Er ist abgestürzt zu einem Zeitpunkt, da die Straße frei war, niemand den Vorgang hat sehen können. Es darf nicht sein ...

Das wiederkehrende Läuten an der Tür. Die Verwunderung, die Fragen, die Anteilnahme, die Neugier. Aber das ist doch nicht möglich. Er muß Ihnen doch irgendeine Nachricht hinterlassen haben. Sie werden sehen, er wird wieder kommen.

Er geht in einer Stadt spazieren, sieht eine junge Frau, die ihm entgegenkommt, läßt sie vorbeigehen, wendet sich dann um und folgt ihr. Er hat kein bestimmtes Ziel, warum sollte er ihr nicht folgen ...

Was hat er zuletzt gesagt? Er hat von einer Mikrobenart gesprochen, die an dem Tag aufgenommen werden sollte. Er hat noch einmal gewinkt, als er an der Kreuzung hat halten müssen; fast beiläufig, als wolle er sagen, bis gleich also ...

Wenn sie versuchen würde, die Stille, die um sie ist, zu unterbrechen, bedürfte es einer großen Anstrengung. Sie müßte rufen, würde den Widerhall hören. Die Nachbarn würden kommen, wenn sie da wären. Vielleicht würde es jemand auf der Straße hören. Er würde sich vielleicht wundern, sich umdrehen, in die Höhe sehen, auf die andere Straßenseite, dann würde er die Achseln zucken und weitergehen. Aber es ist ja nichts geschehen, es hat ja keinen Sinn zu rufen ...

Vielleicht überlegt er, ob er nicht doch wieder kommen soll. Er entschließt sich dazu, wieder zu kommen. Aber sobald er sich dazu entschlossen hat, wird er unsicher, hält seinen Entschluß für falsch, würde ihn gern rückgängig machen, aber man kann doch seine Entschlüsse nicht immer ändern. Dann fährt er doch weiter, ist einige Stunden ruhig, beginnt wieder zu zweifeln. Je häufiger er seine Entschlüsse wechselt, desto weniger kennt er sich...

Sie hat ihn einmal auf der Straße zu erkennen geglaubt, seinen Mantel, seine Haare, seinen Gang. Sie hat sich gesagt, es könne nicht sein, daß er in der Stadt ist, ohne zu ihr zu kommen. Aber sie ist gleich losgerannt, den Gehsteig entlang, ist lange gelaufen, bis sie ihn erreicht hat, sie hat außer Atem gesagt: Verzeihen Sie, es war eine Verwechslung, und der Mann hat genickt. Sie hat nicht gewußt, wie sie zurückgekehrt ist, sie ist zurückgekehrt und hat sich auf ihr Bett geworfen ...

Er hat in einem Park eine Frau getroffen, sie umarmen sich auf einer Bank ...

Es gab einen Nachmittag, an dem sie auf Robert sehr eifersüchtig gewesen ist. Sie ist auf einen Satz gekommen, den sie ihm sagen würde, den Satz: Vielleicht ist es zu schön gewesen. Er hat sich ihr aufgedrängt, und sie hat keine Möglichkeit gesehen, ihn wieder beiseite zu schieben, sie hat sich ihm schließlich willenlos überlassen, hat ihn wiederholt; wenn sie jetzt daran denkt, scheint es ihr, als habe sie Stunden hindurch nichts anderes in sich bewegt als diesen Satz, in ihrer wütenden, wachsenden, zerstörerischen Eifersucht...

Er muß doch einen Grund gehabt haben. Er kann doch nicht ohne Grund fortgegangen sein. Das würde doch dem widersprechen, was sie von ihm weiß. Das gibt es nicht, aber es ist möglich gewesen...

Er ist in eine fürchterliche Reglosigkeit geraten, er ist nicht tot, er hat sich nicht mit einer anderen Frau zusammengetan, er ist in diesem Stocken, in dem ihm nicht mehr klar ist, ob eine Situation die andere ablöst oder nicht...

Sie hat Klaus eingeladen zum Abendessen. Er war da mit seinem harten Gesicht, das sie seit fünfzehn Jahren kennt. Hab Mut, hat er unvermittelt gesagt. Etwas anderes hat er nicht zu sagen gewußt. Sie hat nichts geantwortet. Er hat wahrscheinlich nichts bei seinen Worten gefunden, sicherlich hat er sie aufrichtig gemeint. Vielleicht ist sie zu empfindlich gewesen, weil sie die Worte zu oft gehört hat . . .

Sie ist am Tag darauf in einem Café gesessen und hat sich nicht unglücklich gefühlt. . .

Sie hat Klaus im Institut besucht. Er hat sich gefreut, daß sie gekommen ist, hat sie umarmt und geküßt. Sie hat einen Augenblick nachgegeben und sich dann freigemacht. . .

Sie hat auf den Feldern einen Mann getroffen, der eine Weile hinter ihr hergegangen ist. Sie sind ein Stück weit miteinander gegangen. Sie hat daran denken müssen, daß Robert auch einer Frau gefolgt ist . . .

Vielleicht ist er nicht fortgewesen, vielleicht wird er erst fort sein, aber dann könnte sie ihn vielleicht noch daran zu hindern suchen, indem sie mit ihm spricht, vielleicht würde er seinen Entschluß ändern.

Wenn er fortgewesen ist, ist er möglicherweise inzwischen wieder zurückgekommen und sie hat es nicht bemerkt. Sie hat Angst vor ihrer Frage, ob er zurückgekommen ist.

Sie möchte sie aus der Welt schaffen.

Sie möchte ohne sie leben.

Um sich wieder bewegen zu können.

Die alte Geschichte.

Immer wieder taucht sie auf, in verschiedener Form, wie zur Tarnung, von verschiedenen Seiten, zu verschiedenen Zeiten, aber es ist die alte Geschichte, sie ist rasch zu erkennen.

Vielleicht ist er nicht fortgewesen.
Dann hätte sie nicht zu warten brauchen.
Dann hätte sie nicht so neben sich her leben müssen.
Dann wäre es nicht notwendig gewesen, daß sie sich immerzu verlor.
Dann hätte sie sich wieder einmal zu weit von sich entfernt, um sich dabei zuzusehen.
Sie kennt das doch.
Dann hätte sie alles nur angenommen, um ihn oder sich besser zu verstehen, oder genauer, um etwas zu verstehen.
Sie hat vergessen, was das ist, Abwesenheit, sie hat es gewußt, sie hat es nicht gewußt, aber sie ist davon angefüllt, sie ist davon umgeben, er ist davon umgeben.
Vielleicht ist er schon zurückgekehrt. Sein Verschwinden und seine Rückkehr wären miteinander vermischt.
Sie könnte dann wenigstens wieder lernen, die Dinge miteinander zu verwechseln. Sie hat es ohnehin zu rasch verlernen müssen.
Sie hat damals Robert auf der Straße zu erkennen geglaubt, ist gelaufen, um ihn zu erreichen, um diese Atemlosigkeit zu erreichen.
Sie hat eine Strecke zurückgelegt, ein paar hundert Meter wenigstens auf einem Gehsteig, zwischen Menschen, die verwundert waren, sie hat zu sich sagen können, dort ist er, dort. Es muß doch wenigstens stimmen, daß sie diesen Gehsteig entlanggelaufen ist, sie ist doch außer Atem gewesen, als sie zurückgekehrt ist und sich auf ihr Bett geworfen hat.
Das muß doch stimmen.

8

Ja, sie hat Klaus im Institut besucht. Er hat sich gefreut, daß sie gekommen ist, hat sie umarmt und geküßt. Sie hat einen Augenblick nachgegeben und sich dann freigemacht.
Er hat sich nicht mehr gemeldet.
Er hätte doch wenigstens noch einmal anrufen können.

Vielleicht wird sie sich mit dem Mann treffen, der sie unterwegs, vor der Stadt, eingeholt hat. Ich mußte Ihnen folgen, hat er gesagt. Sie sind zu einem Kanal gekommen, sind auf einer Landstraße weitergegangen.
Sie wird nicht Klaus wiedersehen, sondern den Mann.

Sie ruft ihn von unterwegs an. Das Gespräch dauert etwas länger, vor der Telefonzelle warten inzwischen einige Leute, vor denen sie plötzlich Angst bekommt. Man könnte an die Tür klopfen, denkt sie, um sie daran zu erinnern, daß es Zeit sei, aufzuhören.
Man könnte die Tür öffnen, um sie darauf aufmerksam zu machen, daß die anderen auch sprechen wollen.
Vielleicht sollte sie jetzt wirklich aufhören. Aber sie hört

nicht auf. Im Gegenteil, als der Mann eingehängt hat, behält sie den Hörer in der Hand.
Die draußen warten, sollen den Eindruck haben, sie spreche noch immer.
Sie nickt manchmal, spricht vor sich hin, erfindet ein Gespräch, überlegt, was der Mann sagen könnte, gibt Antworten, hört sich selbst zu, wie sie sagt:
– Vielleicht...

...

– Meinen Sie...

...

– Dann wäre es am besten, ich käme zu Ihnen.

...

– Ja.

...

– Wir können es versuchen.

...

– Zum Verrücktwerden.

...

– Ich werde mich hüten, diese Frage zu stellen.

...

Die Leute warten, sie wird den Hörer einhängen, die Tür rasch öffnen, rasch davongehen.
Die Angst wäre überflüssig gewesen, merkt sie nachher.
Es hat keiner etwas gesagt.

Auf der Rückfahrt kommt sie an Roberts Institut vorbei, an den Parkplätzen, den Ahornbäumen.
In den Zimmern und Labors brennt die Neonbeleuchtung auch am Tag.

Hinter dem dritten Fenster im fünften Stock sein Schreibtisch. Die Mikroskope, seine Versuche.
Sie hält nicht, fährt nach Hause.

Sie wird den Mann in vier Tagen sehen. Bis dahin sei er auf Dienstreise, hat er gesagt. Er hat ihr nichts vorgemacht. Er hat es wirklich bedauert, das hat sie gespürt. Sie muß sich Mühe geben, sich darauf zu freuen. Sie freut sich ja auch darauf.

In der Nacht wacht sie für Augenblicke aus tiefem Schlaf auf.
Es war kein Traum, das Haus zitterte. Ein Düsenjäger, der die Schallmauer durchbrochen hat, kann es nicht gewesen sein, denn dann hätte sie auch den Lärm hören müssen, den er verursacht.
Es bleibt aber still. Sie kennt das Klirren an den Scheiben, das zu niedrig fliegende Flugzeuge hervorrufen. Es war auch nicht in erster Linie das Geräusch in Schwingung geratener Fensterscheiben, das sie geweckt hat.
Sondern sie begreift, daß die Mauern gezittert haben müssen. Sie hat auch dieses dumpfe Rütteln gehört.
Sicherlich hat es sich um ein leichteres Erdbeben gehandelt. Sie erinnert sich, vor Monaten gelesen zu haben, daß in der Nähe ein kleines Beben registriert worden ist.
Für Augenblicke ist sie wach, hört, daß in der Wohnung oben jemand durchs Zimmer geht, eine Tür öffnet, nachher wieder schließt.
Merkwürdig, das Beben hat in ihr die Vorstellung erzeugt, sie liege in einer Höhle. Sonst kennt sie nur das

Gefühl, zwar in einem Raum, aber auch unter offenem Himmel zu schlafen.
Sie dreht sich zur Seite, der Wand zu. Es ist gut, daß sie kurz aufgewacht ist, sich jetzt zur Seite dreht. Jemand hat ihr gesagt, es sei nicht vorteilhaft, die ganze Nacht tief und ohne daß der Körper einige Male seine Lage ändert, zu schlafen.
Sie fühlt sich noch schwer von Müdigkeit, sie wird gleich wieder einschlafen.

Sie müßte sich doch eigentlich darauf freuen, den Mann zu treffen.

Sie sieht einen Film, die Geschichte einer glücklich verheirateten Frau, die drei Kinder hat. Der Mann muß viel arbeiten, ist oft unterwegs, kommt meist spät nach Haus.
Sie liebt ihn nach wie vor, aber das genügt ihr nicht.
Sie beginnt sich vorzustellen, wie sie andere Männer verführen würde.
Ein paar Wochen später bringt ihr ein Junggeselle aus dem Haus eine Postsendung, die in ihrer Abwesenheit für sie abgegeben wurde, die wegen ihres Umfangs nicht in den Briefkasten paßte.
An einem Vormittag lädt sie ihn zum Frühstück ein, es geschieht, was sie sich vorgestellt hat.
Ihr Mann merkt monatelang nichts. Wenn er da ist, ist sie besonders munter, kommt seinen Wünschen, Fragen, Sorgen sogar aufmerksamer entgegen als früher.
Einer Freundin sagt sie, nur so, indem sie auch an jemand

anderen denke und sich mit einiger Regelmäßigkeit mit ihm treffe, empfinde sie ihrem Mann gegenüber noch Zuneigung und Zärtlichkeit.

Sie ärgert sich, daß sie sich den Film angesehen hat.
Sie wäre fast froh, wenn sie sich nicht mit dem Mann verabredet hätte.
Es geht gegen Abend, sie ist müde, sie freut sich darauf, allein sein zu können.

Daß Robert einfach weggeblieben ist. Sie wäre ja nicht auf den Gedanken gekommen, den fremden Mann zu treffen. Sie sitzt an ihrem Tisch, das Gesicht in die Hände gestützt, bedeckt von den Händen, die Augen geschlossen.
Daß er weggeblieben ist. Er hat ihr nie ganz gehört. Hat es an ihm, hat es an ihr gelegen?
Warum macht er ihr es so einfach, den anderen Mann zu treffen?
Nimmt sie sich eben die Freiheit dazu? Bleibt er weg, weil er weiß, daß sie es ohnehin tun wird? Will er ihr nicht im Weg sein? Ist es Brutalität oder Gleichgültigkeit oder Rücksichtnahme?
Sie nimmt die Hände vom Gesicht, öffnet die Augen, lehnt sich zurück. Die Augen schmerzen, von der Müdigkeit und vom Licht der Tischlampe.
Das Flugzeug, schon wieder. Auch jetzt noch.

Es hat sich gestern nacht um ein Erdbeben gehandelt. Auf der Zwölferskala der Erdbebenwarte erreichte es

die Stärke sechs bis sieben. Es war in ganz Süddeutschland zu spüren. Der Herd des Bebens hatte einen Durchmesser von acht Kilometern.
In unmittelbarer Nähe des Bebenzentrums soll mehrere Minuten lang das Licht ausgefallen sein, da die Erschütterungen die automatischen Schalter einer Umspannstation der Energieversorgung ausgelöst und damit den Strom gesperrt hatten.
Alle kleineren Gegenstände hätten einen Mordssatz gemacht, hat einer gesagt.
Ein anderer: Er sei mit seiner Familie ins Freie gefahren.
Die Bebenwarte meint, man müsse mit einer Serie kleiner Nachbeben rechnen.
Sie liest das alles, aber in ihrer Erinnerung bleibt vor allem die Vorstellung, die sie in jener Minute gehabt hat: Sie liege in einer Höhle.

Sie kann doch dem Mann nicht einfach absagen. Bereut sie denn ihren Entschluß tatsächlich? Schon nach einem Tag?

Vielleicht hätte sie doch darauf dringen sollen, daß man nach Robert sucht. Vielleicht hätte sie sagen sollen, daß der begründete Verdacht auf ein Verbrechen oder auf Selbstmord vorliegt. Das hat sie unterlassen. Deshalb hat der Beamte einfach gesagt, nach einem erwachsenen Menschen, der weggeht, dürfe man nicht suchen.
Der Druck hinter den Augen, die Kopfschmerzen, sie bleibt regungslos sitzen.
Warum kommst du denn nicht.

Manchmal hat sie tatsächlich den Eindruck, ihr Mann sei in der Wohnung und müsse jeden Augenblick das Zimmer wieder betreten, das er kurz zuvor verlassen hat.

Sie sieht ihre Hände auf der Sessellehne. Dann bewegt sich eine Hand, gleitet nach vorn, auf dem rauhen Stoff, nimmt ein Stück Faden weg, das dort haften geblieben ist. Zwei Finger rollen es zu einer winzigen Kugel zusammen.

Ihre Hand ist wieder ohne Bewegung.

Warum entfernt man sich von sich selbst, wenn man regungslos bleibt? Es ist so, sie beobachtet es doch immer wieder. Es ist doch keine Täuschung.

Später erhebt sie sich, wendet sich dem Fenster zu, an dem sie die Vorhänge noch nicht zugezogen hat. Sie sieht sich auf sich selbst zukommen.

Ja, das Zimmer vergrößert sich durch die Spiegelung. Sie geht nicht ganz bis zum Fenster, sie dreht sich wieder um und bleibt in der Mitte des Zimmers stehen.

Dann wendet sie sich rasch weg, geht in die Küche, ißt rasch hintereinander zwei Bananen, die noch nicht ganz reif sind.

Frau H. sagt zu ihr:

— Sie erinnern sich, ich erzählte Ihnen von meiner Tochter. Seit einem halben Jahr ist sie verheiratet. Jetzt will sich ihr Mann von ihr scheiden lassen. Er ist darauf gekommen, daß sie sich, während er ein paar Tage unterwegs war, mit einem anderen eingelassen hat. Warum sie es getan hat, habe ich sie gefragt. Wissen Sie, was

sie mir antwortete? Kein Mann habe sich mehr, seit sie schwanger sei, nach ihr umgedreht. Sie habe manchmal das Gefühl gehabt, sie sei gar keine Frau. Ein solcher Unsinn. Sie habe sich gefürchtet vor den bloßen Höflichkeiten, mit denen man ihr begegnen würde, wenn sie mit dem Kinderwagen unterwegs wäre. Sie habe nur probieren wollen, ob sie auf einen Mann noch Wirkung habe. Allein deshalb habe sie ihn verführt. Sie habe seine Reaktion sehen wollen, habe sich vorgenommen, nach ein paar Tagen Schluß zu machen, denn sie liebe ihren eigenen Mann ja tatsächlich. Nun ist es zu spät. Stellen Sie sich das vor. Anfang des Jahres erst die Heirat, und jetzt. Ich verstehe noch nicht ganz, daß sie plötzlich dieses Vertrauen hatte und mir alles sagte. Damals, als sie mir sagte, sie habe Ihren Mann besucht, war sie viel zurückhaltender. Ich merkte, daß sie nur davon sprach, weil sie über die Nachricht, Ihr Mann sei nicht mehr da, erschrocken war.
— Und sie hat Ihnen wirklich nichts Näheres erzählt?
— Nein.

Der fremde Mann ist noch unterwegs. Doch, sie wird ihn sehen.

Nein, Roberts Abwesenheit ist nicht ihr Gefängnis. Wie hat sie denken können, sie habe plötzlich keine Freiheit mehr.
Aber sie hätte damals, als er an dem Morgen wegfuhr, doch etwas merken müssen. So etwas spürt man doch. So etwas läßt sich doch nicht verbergen.

Er ließ sich selten etwas anmerken, das stimmt. Aber in einem solchen Fall. Unter diesen Umständen. Das ist doch nicht ohne Aufregung abgegangen. Nicht ohne Spannung. Nicht ohne Zwiespalt. Oder sollte er wie in Trance gehandelt haben?
Er hat tatsächlich so gewirkt wie immer, hat von den Versuchen gesprochen, Viren auf künstlichen Nährböden zu züchten, hat von der Kreuzung aus noch einmal gewinkt, als wolle er sagen, bis gleich also.

Es wird ein leuchtender Tag werden. Sie erwacht früh von der Helligkeit, die durch die Jalousien eindringt.
So ausgeruht wie selten. Sie hat sich am Abend zuvor zur Seite gedreht, den Arm nach oben gestreckt, den Kopf darauf gelegt, und sie erwacht in derselben Lage. Wahrscheinlich hat sie in dieser Nacht völlig bewegungslos gelegen.
Dieser Tag. Was könnte man mit diesem Tag alles anfangen.
Sie kauft Filterpapier, hat eine Packung mit dem größeren schon in der Hand, legt sie zurück, nimmt eine mit dem kleineren, es reicht ja auch. Sie nimmt es zum erstenmal, hat es zum erstenmal da liegen sehen.
Ein Mann sieht ihr von der Seite zu, sie merkt es, als sie aufblickt, sich zum Gehen wendet.
Sie geht die Straße hinunter, will Marken holen bei der Post, erkennt erst nach einer Weile, daß sie schon über die Post hinausgegangen ist, sie hat an das aufmerksame Gesicht des Mannes gedacht. Sie geht nun doch ein Stück weiter.

Würde sie sich damit abfinden, wenn Robert schriebe, er sei da und da, er komme nicht wieder, er könne nicht wiederkommen? Wäre das genug?
Daß er fortgegangen ist, widerspricht dem, was sie von ihm weiß. Oder war doch alles ganz anders, was ihn betraf?
Hat sie sich getäuscht? Wollte sie die Täuschung nicht durchschauen?
Die Kreuzung, der Platz, die Straßenbahnhaltestelle wie immer.
Aber unbekannte Gegend.

Der Mann drüben an der Straßenecke, der eben aus einem der Häuser getreten ist — ist er nicht der Hausierer des Hieronymus Bosch?
Sein Gesicht jetzt inmitten der gleichmäßigen Bewegung der miteinander gehenden, aneinander vorbeigehenden Menschen.
Es ist für Augenblicke sichtbar, dann verschwindet es, ist noch einmal zu erkennen vor einigen Auslagen, in der Dunst- und Staubschicht, die sich in der Straße gebildet hat und sich absetzt von der Durchsichtigkeit, die über der Stadt liegt, nach diesem schönen klaren Tag, der mit etwas Nebel begonnen hat.
Es geht gegen Abend, die Zahl der Menschen auf den Straßen scheint noch immer zuzunehmen.
Einmal hört man zwischen den Geräuschen der Autos und Trambahnen eine Amsel rufen.
Der Ruf trägt den Himmel noch ein Stück in die Höhe.
Der Mann entfernt sich in der gleichmäßigen Bewegung,

in dem Gleiten und Schieben, zwischen den Farben von leichten Mänteln und Kleidern, er entfernt sich zuerst mit langsameren, dann mit rascheren Schritten.
Man sieht ihn zuletzt die Straße überqueren, zwischen Karosserien, die sich stauen, nun ist er schon weiter weg, dann ist er entschwunden.

Wann ist Robert fortgegangen, wann ist er in seinen Wagen gestiegen, um ins Institut zu fahren? Vor einem Jahr? Gestern? Wann war das? Ist er heute früh gefahren, ein paar Stunden, bevor sie in die Stadt gegangen ist, wie meistens am Vormittag, und sich in ein Café gesetzt hat, wie sie es manchmal tut, der offenen Tür zugewandt, so daß sie auf die Straße sehen kann?
Seit sechs Jahren ist er morgens ins Institut gefahren, meist in Eile, weil er mit der Zeit nicht zurechtkam, obwohl er sich tagaus, tagein vorgenommen hat, etwas an diesem Zustand zu ändern.
Vielleicht ist sie zu selten bei ihm in seinem Labor gewesen. Wenn sie hin und wieder gekommen ist, hat er sich gefreut, das hat sie gesehen. Aber er hat auch nicht gesagt, sie solle öfter kommen.
Sollte sie versuchen, jetzt hinzufahren und ihn zu überraschen? Es wäre doch möglich, daß sie ihn anträfe, in seine Arbeit vertieft.
Draußen im Hof die mit Wellblech bedeckten Boxen, in denen die Angestellten des Möbelgeschäfts ihre Wagen und Räder abstellen.
Drüben ein Fenster, das geöffnet wird, ohne daß dahinter jemand zu erkennen ist.

Hat sich Robert vielleicht schon entschlossen, zurückzukommen? Oder ist er wieder unsicher geworden?
Wenn sie sich wenigstens genau an das erinnern könnte, was er zuletzt gesagt hat.
Wenn sie ihn wenigstens genau erkennen könnte. Aber sie sieht ihn wie in starkem Gegenlicht.
Im Hof die Buche. Pappkartons und Kisten, die jemand mit Blumentöpfen gefüllt hat.
Dort das Haus, es ist da, sie kann es ja sehen.
Das Fenster ihres Zimmers ist da, da ist der Schrank, sind zwei Stühle, es ist alles da, wie sie es kennt.
Dieser Tag, dieser Abend, der bald da sein wird. Ob er vergeht? Wer sagt denn, daß er vergeht?
Wann ist Robert weggefahren? Heute früh? Wann war das?

Wird sie den Mann tatsächlich treffen? Was ist denn los? Sie hat sich doch darauf gefreut, am Anfang.

Dieser Druck, der immer noch zunimmt, mit dem sie lebt, den sie loszuwerden sucht im Schlaf, aber es hilft nichts, er ist am nächsten Morgen mit unverminderter Stärke wieder vorhanden, es hilft nichts, anzunehmen, er müsse mit der Zeit doch nachlassen.
Immer wieder dieses verstärkte Herzklopfen, dieses überaus deutliche, nicht beschleunigte, aber verstärkte Klopfen, das sie zu kaum etwas kommen läßt, das sie zu sehr in Anspruch nimmt, auf das sie sich endlich nicht mehr einlassen will, aber was heißt darauf einlassen, sie hat es ja nicht in der Hand.

Ruhig werden, die Nerven nicht verlieren.
Wenn sie ruhig werden könnte, käme sie wieder zu etwas. Wenn sie nicht mehr an dieses Klopfen denken müßte, könnte sie etwas tun.
Die Nerven nicht verlieren.
Es ist tatsächlich so, auch ihre Erinnerung an sich selbst wird schwächer, je mehr sich Roberts Gesicht entzieht. Vielleicht ist doch ein Brief von ihm unterwegs, in einem der Züge, die durch die große Ebene fahren, die sie mit Robert kennengelernt hat; über der es damals zischend Morgen wurde.

Das Licht unentschlossen, verwischt, verschmiert.
Für Augenblicke das Frösteln, das sie sonst vor allem beim Erwachen am Morgen spürt.
Sie fährt noch für eine Weile zum Stadtrand, geht ein ziemliches Stück hinter dem Bahnhof, kehrt zurück in der Dichte des schon abendlichen Verkehrs, ist unruhig, weil ihr einfällt, sie könnte vergessen haben, den Knopf der Kochplatte auf Null zurückzustellen, winkt einem Bekannten zu, den Robert einmal eingeladen hat: Mitte sechzig, vier Kinder, zwischen fünf Jahren und drei Monaten; ißt täglich riesige Platten, ist herzkrank, viel in Antiquariaten zu finden, seit einigen Jahren taub. Immer wieder hat er gefragt: Gibt es gute Menschen? Seine erste Frau starb bei der Geburt des ersten Kindes. Er erzählt es bei Festivitäten. Er könne nur bei solchen Gelegenheiten davon sprechen, der Schock sei zu groß gewesen, auch nach Jahrzehnten habe er nichts von seiner Heftigkeit verloren, hat er gesagt. Sie hat ihm zugewinkt,

er hat sie erkannt, vielleicht hätte sie halten sollen, sie hätte gern wieder ein paar Worte mit ihm gesprochen, aber dann hätte sie auch über Robert sprechen müssen. Zudem wäre es schwierig gewesen, jetzt zu halten, man hupt auch hinter ihr, sie fährt weiter, muß noch einmal an den Abend denken, an dem er bei ihnen gewesen ist, er habe an so vielem die Lust verloren, hört sie ihn sagen, er spüre keinen Ehrgeiz mehr, man müsse etwas auch zu Ende leben können. Sein Leben lang hat er sich mit Palladio beschäftigt. Es komme nur darauf an, eine Obsession zu haben, nur sie mache das Leben erträglich, sei ein Schutz für die Gedanken. Dabei hat er, wie er selbst sagte, zeitlebens unter Depressionen gelitten. Einmal hat er sich, unter großen Schulden, ein Haus mit vierzehn Zimmern gekauft, er liebt große Räume, erhoffte sich davon Heilung. Es ist ein Abend gewesen, der in ihrer Erinnerung blieb, sie haben sich hernach nicht mehr gesehen.

Sie hat Frau H. getroffen. Ist nicht mehr auf ihre Tochter zu sprechen gekommen.
Einmal die Eifersucht Robert gegenüber, ohne Grund, wie sich später herausgestellt hat.
Vielleicht ist er aber nur vorsichtig genug gewesen.
Hat er nun ein anderes Leben begonnen?

Morgen ist sie mit dem Mann verabredet. Aber sie ist noch immer unsicher, ob sie ihn sehen wird. Spätestens morgen vormittag wird sie ihn anrufen, wenn sie sich dazu entschließen sollte, ihn nicht zu sehen.

Dort geht diese Frau, streicht sich die Haare aus dem Gesicht, mit der Hand, in der sie schon einen kleinen Schlüsselbund hält.
Sie wird gleich zu Hause sein, sie hat die Schlüssel bereits aus der Handtasche genommen, wie sie es meistens tut, wenn sie sich ihrer Wohnung nähert; auch wenn sie nicht in Eile ist.
Es ist ziemlich starker Wind, sie muß sich die Haare noch einmal aus dem Gesicht streichen.
Die Straße ist plötzlich leer, nur diese Frau ist zu sehen. Sie blickt sich einmal um, verlangsamt ihre Schritte, hält jetzt vor einer Tür und schließt auf.
Die Frau, sie ist es selbst. Ja, sie schließt die Haustür auf, kurz danach die zu ihrer Wohnung.

Am Abend im Theater, nach langer Zeit. In der Pause steht sie in der Nähe der Garderobe, sieht den Menschen zu, sieht plötzlich Klaus, den sie nicht mehr getroffen hat, seit sie ihn damals in seinem Labor besuchte.
Er hätte ja später noch einmal anrufen können.
Er kommt jetzt auf sie zu, aber er nimmt sie nicht wahr, er geht knapp an ihr vorbei, offenbar sucht er jemanden.
Sie gibt sich ihm nicht zu erkennen, bleibt ruhig stehen, möchte jetzt nicht mit ihm sprechen, wendet sich nicht um, als er an ihr vorbei ist.
Aber warum denn nicht? Er könnte ihr doch erzählen, was im Institut inzwischen geschehen ist, wie lange ist es denn her, daß sie nichts mehr davon gehört hat.
Die Gesichter der anderen, unbestimmt, vorbeitreibend.
Alles sehr nah, und doch ferngerückt, so fern, daß sie

meint, sie könnte zu diesen Menschen hinüberrufen und es hörte sie doch keiner.
Und weit dahinter der Ausgang, sie könnte jetzt gehen, aber dann müßte sie einen Weg finden zwischen den vielen Menschen hindurch, die plötzlich wieder so nah sind.
Und es ist ja auch noch zu früh, um zu gehen. Was soll sie denn tun mit dem angebrochenen Abend.
Es wird früh genug sein, wenn die Vorstellung zu Ende ist.
Vielleicht wird sie Klaus dann noch einmal sehen, während sie an der Garderobe steht und auf ihren Mantel wartet oder während sie inmitten der anderen langsam hinausgeht oder während sie draußen einige Augenblicke stehen bleibt.
Nun geht er wieder langsam an ihr vorüber, in der umgekehrten Richtung, sie sieht ihm nach, wie er sich entfernt, wie er sich zwischen den anderen verliert.

Sie sieht Klaus später, als sie hinausgeht, nicht. Überall auf dem weiten Platz vor dem Theater gehen die Menschen davon, einzeln oder zu zweit oder in kleinen Gruppen, gehen zu ihren Autos oder dort an den Grünanlagen vorbei zum Restaurant, da und dort wendet sich einer noch einmal um, winkt jemandem oder ruft ihm etwas zu.
Drüben stehen einige Straßenbahnen, die sich langsam füllen, man sieht die Fahrer sich von ihren Plätzen erheben, die sie, während sie warteten, im hinteren Teil der Wagen eingenommen haben, und nach vorn gehen in ihre abgedunkelten Kabinen.

Allmählich kommen weniger Menschen heraus auf den Platz, im Foyer sieht man noch einige, die sich unterhalten oder gerade voneinander verabschieden, der Gang bei der Garderobe ist jetzt schon leer...

Nein, Klaus ist nicht mehr da.

Ein verhältnismäßig milder Abend. Das Wohlgefühl des Körpers, das aufkommen will. Aber da ist dieser Druck. Ruhig bleiben. Es ist auch hier, an diesem Platz, alles an seiner Stelle, wie sie es seit Jahren kennt, die Silhouetten der Stadt, die sie von hier sieht.

Sie wird den Mann treffen.

Obwohl sie ihn im Grunde nicht mehr treffen will.

Aber was sie sich vorgenommen hat, kommt nun auf sie zu, hat begonnen, in Bewegung zu sein, ist angestoßen, sie kann nicht ausweichen.

Sie würde viel dafür geben, wenn sie alles rückgängig machen könnte.

Es scheint so einfach zu sein. Sie bräuchte nur anzurufen. Aber vielleicht hat sie morgen früh doch keine Zweifel mehr.

9

Später Abend, zu Hause. Im Stehen ißt sie zwei Scheiben Brot, räumt ein wenig im Zimmer auf, stellt den Mülleimer hinaus, es hat zu regnen begonnen.
Sie tut alles zu rasch, merkt sie wieder. Nicht nach außen, aber sie fühlt sich von etwas gehetzt, und das erzeugt diese Spannung, die stärker wird, je mehr sie sie zu übersehen, zu vergessen sucht.
Dabei hat sie Zeit. Warum tut sie dennoch alles so rasch.
Und die Unruhe war vorhanden, als Robert da war, und sie ist jetzt, da er weg ist, ebenfalls vorhanden.
Irgendwo im Haus läuft noch das Radio, etwas zu laut in der allgemeinen Stille.
Sie ist hellwach.
Während sie aufsteht, in der Küche ein Glas Wasser trinkt, auf den Hof hinaussieht, auf das Haus dahinter, in dem die Lichter erloschen sind, denkt sie daran, daß alles, was in ihrem Leben bisher geschehen ist, wie zur Probe geschehen ist.
Sie wird sich hinlegen und auf den Schlaf warten, auf die Bewußtlosigkeit, aber nein, das ist es nicht, auf die Bewegungslosigkeit, aber auch das stimmt nicht.

Sie wird sich in den Schlaf sinken lassen, wird wechselnde Schlaftiefen durchmessen, die Spannung, die Unruhe werden sich auflösen.
Das Herz wird langsamer schlagen, die Einatmung wird länger, die Ausatmung kürzer sein als jetzt.
Die Blutadern im Gehirn werden besonders weit, das Gehirn reicher mit frischem Blut versorgt sein. Die Tränendrüsen werden ihre Arbeit einstellen, die Augenmuskeln an Spannung verlieren.
Das Radiogerät ist noch lauter geworden. Sie möchte sich die Ohren zuhalten, versucht es kurz, aber was soll's, gibt es wieder auf. Sie versteht nicht, was die Stimme sagt, es ist nur dieses für sie jetzt unerträgliche Geräusch.
So spät, und so laut.
Die Zeit der Ermüdung zwischen Wachen und Schlaf.
Das Nachlassen der Spannung zwischen den Zellen der Gewebe und der umgebenden Zellflüssigkeit.
Sie möchte sich hinlegen, kann sich noch nicht dazu entschließen. Wird noch eine Weile einfach dasitzen, dem Wachsen der Nacht zusehen. Damit sie wenigstens einmal an diesem Tag das Gefühl hat, etwas dauere an. Es ist immer so rasch vorbei, was sie tut. Auch die Begegnung mit dem Mann wird rasch vorbei sein.
Hätte sie sich doch nicht darauf eingelassen. Wozu die Unruhe. Sie ist erschöpft. Sie wird ihn dennoch sehen. Aber es wird alles rasch vorbei sein.

Am Abend des nächsten Tages duscht sie sich und zieht sich um, verläßt die Wohnung. Kaum Neugier. Sie findet die Straße sofort.

Der Mann zieht sie zu sich hinein. Sie hat den Eindruck, es sei gar nicht das erste Mal, es sei das Zusammentreffen mit dem Mann in seiner Wohnung, die sie noch nie gesehen hat, eine Wiederholung; eine Wiederholung von etwas, das es nie zum erstenmal gegeben hat.
Sie weiß, daß sie ihn ohne Bedauern am nächsten Morgen wird verlassen können.
– Es ist, als müßte ich Sie erst erfinden, sagt sie.
Sie weiß nicht, warum sie es sagt, sie hat es nicht überlegt.

Sie ist im Café, hat sich so gesetzt, daß sie durch die offene Tür auf die Straße sehen kann.
Vor einigen Tagen ist sie mit Robert dagewesen.
Er ist heute schon früh ins Institut gegangen. Eine Stunde früher als gewöhnlich. Diese langen Versuchsreihen, von denen er manchmal erzählt, diese unablässigen Beobachtungen.
Aber je genauer man hinsehe, desto mehr ziehe sich das, was man beobachte, zurück, sagte er schon einige Male. Das beschäftige ihn seit Jahren stärker als vieles andere.

Ist er fort? Sie wird nach Hause zurückkehren und ihn vielleicht dort finden, in einem Sessel sitzend, lesend oder in seinem Labor mit einem Versuch beschäftigt.
Wird sie ihn besser lieben können, nachdem sie sich vorgestellt hat, daß er verschwunden ist?
Er ist da, er ist nicht da. Sie weiß schon nach einigen Augenblicken nicht mehr, was stimmt.

Nachwort

I

Ich habe das Glück gehabt,
ein ereignisloses Leben zu führen.

Walter Helmut Fritz wurde 1929 als Sohn eines Architekten in Karlsruhe geboren. Er wuchs im Nordschwarzwald (Waldprechtsweier) und in Rastatt auf. Seit 1940 lebt er in Karlsruhe. In Heidelberg studierte er Literatur, Philosophie und Neuere Sprachen. Bis 1964 war er Lehrer an Karlsruher Gymnasien, dann wurde er Dozent am Studienkolleg der Universität Karlsruhe und freier Schriftsteller.
Von 1968 bis 1970 war er Lektor im S. Fischer Verlag.

Während seiner Studienzeit begann er mit ersten literarischen Versuchen, und heute kann er auf ein respektables literarisches Werk blicken, das in seiner Vielfältigkeit noch zu entdecken ist. W. H. Fritz gehört zu den namhaftesten Schriftstellern der Gegenwart. Zahlreiche Preise, Ehrengaben, Stipendien und Anerkennungen wurden ihm zuteil, z. B. die Mitgliedschaft in der Akademie der Wissenschaften und der Literatur, Mainz, der Bayerischen Akademie der Schönen Künste, München, der Deutschen Akademie für Sprache und Dichtung, Darmstadt, der Literaturpreis der Stadt Karlsruhe (1960), ein Villa-Massimo-Stipendium und ehrenvolle Einladungen zu Vorlesungen, z. B. an die Oberlin-University Kansas/USA.

Ein „ereignisloses Leben"? Dieses Zitat aus dem Gedicht „Morandi" ist hintergründig, denn für W. H. Fritz haben Ereignisse keinen Erkenntniswert und spiegeln nicht das geistige Kräftefeld, in dem ein Dichter heranwächst. Die Nachkriegszeit war nicht durch große Ereignisse geprägt, sondern durch eine spannungsreiche kontinuierliche Entwicklung. Die Schrecken des Zweiten Weltkriegs waren noch präsent und wirkten auf alles ein, aber daneben herrschte Aufbruchsstimmung. Die Grenzen öffneten sich, neue geistige Impulse kamen ins Land, und der Abiturientenjahrgang, der 1949 die Universitäten bezog, kam voll in den Sog der Auseinandersetzung mit der Vergangenheit und dem Bemühen, neue Wege zu finden. Gerade für den Studenten der Literatur, insbesondere der Romanistik, wurde dies bedeutsam. Erst 1975 hat W. H. Fritz in seinem Roman „Bevor uns Hören und Sehen vergeht" von dieser Zeit und Phase seines Lebens gesprochen, allerdings nur in der ihm eigentümlichen Verhaltenheit und Distanz.

2

Warum wird etwas um so unbegreiflicher,
je mehr man es zu begreifen sucht?

Sehr oft kann man in Publikationen über W. H. Fritz und sein Werk lesen, der Autor habe sich nur spärlich über sein eigenes Schaffen geäußert. Hier wird ein eindeutiger Sachverhalt verkannt, denn es gibt von W. H. Fritz zahlreiche poetologische Äußerungen in Form von Vorworten, z. B. auch zu einzelnen Bänden französischer Lyriker wie Alain Bosquet, Jean Follain, René Ménard, Claude Vigée und Philippe Jaccottet, deren Gedichte W. H. Fritz übersetzte, Beiträgen zu Anthologien, Interpretationen von Gedichten, Rezensionen und einige umfangreiche Essays und Reden. Zusammengefaßt in einer Gesamtausgabe, ergäben sie einen stattlichen Band. Wenn man diese Äußerungen übersieht, verkennt man den engen Zusammenhang im Werk des Autors zwischen Person, dichterischer Intention und den verschiedenen Werken. Gerade der enge Verbund zwischen der Theorie der Dichtung, der Lyrik und Prosa ist ein Schlüssel zum Verständnis der Dichtungen von W. H. Fritz. Welche Wege zu ihrem Verständnis führen, zeigen allein schon die drei Abhandlungen vor der Akademie der Wissenschaften und der Literatur in Mainz. Folgen wir ihnen, denn vom Dichtungstheoretiker W. H. Fritz zu sprechen, heißt zugleich, sich mit seinen Dichtungen beschäftigen.

„Jean Cayrols 'Lazarenische' Prosa" (1967) gilt dem Werk eines französischen Romanciers des „Nouveau Roman", der aus einem Konzentrationslager des NS-Regimes zurückkehrte und in seinem Buch „Lazare parmi nous" (dt. „Lazarus unter uns") versucht, die extreme Einsamkeit, die der Mensch im KZ ertragen mußte, einzufangen. „Lazarenische" Prosa ist der dichterische Versuch eines Heimgekehrten, der dem vom Tode erweckten Lazarus gleicht, die ihm wieder zuteil gewordene Wirklichkeit zu verstehen, aber dennoch der Fremde bleibt, weil seine Erfahrungen und Erlebnisse zu entsetzlich sind. Er schreibt dennoch, weil Literatur „eine Möglichkeit der Erkenntnis" ist, und der zurückgekehrte „Lazarus" aus der Entfremdung und der Einsamkeit heraus die Wirklichkeit anders sieht als seine Mitmenschen, d. h. der Wirklichkeit andere Aspekte abgewinnt. Seine Erkenntnis und seine Sichtweise prägen auch den Stil: in der „lazarenischen" Prosa gibt es keine Handlung, keine Spannung und Intrige, keine lebendigen Figuren und Personen: wenn er eine beschreibt, macht er daraus ein Gemälde, das wie ein Stilleben aussieht, „fixiert und versteinert" ist.

Hier werden einige Bezüge zu W. H. Fritz' Schaffen erkennbar. Nicht nur sind es die Dichter wie Cayrol und Albert Camus, die ihm als Modell und Provokation dienten, sondern auch solche Querverbindungen zwischen Malerei und Dichtung sind bei Fritz von Bedeutung. Das Gedicht „Morandi" ist gerade für den Zusammenhang von Malerei und Dichtung, von der Bedeutung der Gegenstände im Stilleben und im Gedicht von besonderem Gewicht:

Morandi

Die Stille nimmt
den Umriß einer Schale an,
einer Flasche, einer Kanne

eines Zwischenraums,
der einen Gegenstand
vom anderen trennt

eines Schattens
als Echo des Lichts

oder einiger Worte:
ich habe das Glück gehabt,
ein ereignisloses Leben zu führen.

Die Stille, die Gegenstände, Licht und Schatten werden zueinander in Bezug gesetzt und gipfeln in einem Wort, das zugleich ein Zitat von Giorgio Morandi ist. Giorgio Morandis Malweise, seine Stilleben, sind auf Einfachheit und Stille konzentriert und fern jeder stilistischen Gewalt. Expression, Experiment oder bloßes Psychogramm lehnt er ab, und dies sind auch typische Eigenschaften des künstlerischen Schaffens von Walter Helmut Fritz. Auch viele seiner besten Gedichte sind Stilleben, in denen das dargestellte Objekt dominiert, und in denen die Objekte anstelle des verblendeten Menschen sehen können. Auch der „lazarenische Mensch" sieht richtig, aber er ist ein Einsamer und Fremder in dieser Welt und stellt deshalb eine Anklage des modernen Menschen dar.

Von hierher wird deutlich, welche Rolle den Dingen im Werk von W. H. Fritz zukommt. Gerade weil sie so großes Gewicht haben, dürfen sie nicht durch Emotion, Reflexion und Subjektivität zugedeckt werden. Kommt von hier die manchmal Fritz vorgehaltene Spröde seiner Texte? Dann wäre dies ein komplizierter ästhetischer Sachverhalt und ein Vorwurf nicht berechtigt.

Aber in diesem Gedicht ist auch die Rede von den Zwischenräumen. Sie spielen in der Malerei und im Stilleben eine große Rolle. Bei Fritz gewinnen sie auch im Gedicht große Bedeutung. Die Zwischenräume sprechen mit, sie sind ebenfalls Mitteilung an den Leser. Zwischen den Zeilen und den Versgruppen vollzieht sich Wesentliches, und auch dort, wo Schweigen ist, erscheint es beredt und aussageträchtig. W. H. Fritz versucht, die Dichtkunst nicht im Bereich einer Zeitkunst zu lassen, sondern sie auch zu einer Raumkunst zu machen wie die Malerei. Man müßte einmal alle seine Texte, die sich auf die bildende Kunst beziehen, wie z. B. den frühen Zyklus „Vor Bildern Lyonel Feiningers" oder die Gedichte über Michelangelo, Leonardo, Caspar David Friedrich, Goya u. a. unter diesem Aspekt betrachten.

3

Ist es wirklich eine Krankheit,
wenn man klar sieht?

Die zweite Akademieabhandlung stellt wiederum eine Dichtungsform in den Mittelpunkt, wenn sie nach den „Möglichkeiten des Prosagedichts" (1970) fragt. In der deutschen Literatur ist das Prosagedicht eine sehr problematische Form, wohingegen es in Frankreich mit größter Konsequenz entwickelt wurde. Man sollte den Begriff um der leichteren Verständigung willen stehen lassen, ihn aber nicht zu sehr belasten, weil er sonst den Sachverhalt verdecken könnte.

W. H. Fritz nimmt für seine Ausführungen alle Beispiele aus der französischen Literatur von A. Bertrand über Baudelaire, Rimbaud bis zu Michaux, Ponge und N. Sarraute. Aber hier spricht nicht nur der Romanist, sondern auch der Dichter W. H. Fritz, und er äußert sich zugleich über seine bevorzugte Gattung, die in seinem Schaffen eine große Rolle spielt. Fast jeder Dichter hat ein Lieblingsgenre, in dem er glaubt, seine dichterische Intention optimal realisieren zu können. Auch dort, wo er sich anderer Genres bedient, wirkt noch die bevorzugte Form des Sprechens, wodurch sich die Grenzen der einzelnen Genres verwischen, vielleicht für die Vergangenheit wichtige Gegensätze aufgehoben werden, und ganz neue Ausdrucks- und Verstehensmöglichkeiten in den Blickhorizont treten. Dieser Sachverhalt gilt für W. H. Fritz, denn das Prosagedicht ist die seiner Dichtung gemäßeste Form, und ihre Charakteristika sind auch in seine Lyrik und Romane eingedrungen. Walter Helmut Fritz schrieb vorzügliche Prosagedichte, angefangen von den „Bemerkungen zu einer Gegend" (1969), zu denen Titel von Gemälden, Aquarellen und Zeichnungen von Paul Klee die Anregungen gaben über die „Prosagedichte" im Lyrikband „Sehnsucht" (1978), die er dann – leider – nicht alle wieder aufnahm in die „Gesammelten Gedichte" (1979) – jetzt auch bei Ullstein als Taschenbuch – bis zu dem zentralen Zyklus „Traumtiere" in „Werkzeuge der Freiheit" (1983). Vielleicht könnte man auch noch den einen oder anderen Text aus „Cornelias Traum" (1985) hinzuzählen.

Wie unsicher die Auswahl ist, zeigt, daß man beim Vorabdruck der ersten Prosagedichte von W. H. Fritz typographisch noch experimentierte, ob Zeilenlängen abgegrenzt werden sollten oder das ganze Prosagedicht als ein Block Prosa abgedruckt werden darf. Worin sieht W. H. Fritz die Eigenheiten und Vorzüge des Prosagedichts? Seine Erkenntnis verdankt er der Arbeit am Gedicht, das bei zu viel Gedanklichkeit umzukippen droht. Das Prosagedicht stellt nur eine wichtige Möglichkeit dar, Erkenntnis zu gewinnen und bietet einen Weg, „einzudringen in das Unerkannte, das wir sind und das uns umgibt", heißt es in der Abhandlung. Alle Überlegungen im einzelnen beziehen sich auf den Anteil der „Gedanklichkeit" am Gedicht, wobei „Gedanklichkeit als Erscheinungsform des Sinnenhaften" gemeint ist.

Das Gedicht soll die Sinne ansprechen, sowohl durch seinen Gehalt wie durch seine Form, aber das Element des Gedanklichen, das Spirituelle, muß ebenfalls vorhanden sein. Zwischen beiden Elementen bedarf es des Gleichgewichts. Das Prosagedicht ermöglicht durch seine erzählerischen Bestandteile einen höheren Grad an Gedanklichkeit, denn das Gedicht kann auch im Klang, in der Wortmalerei, im Stimmungshaften verweilen, während Prosa, wenn sie nicht gedankliche Substanz enthält, rasch zerfällt. Die Prosa des Prosagedichts hebt es ab gegen das reine Gedicht, während das Lyrische am Prosagedicht in seinen Bildern und in der Sprachbewegung liegt.

Das gelungene Prosagedicht macht Wirklichkeit und Gegenstände transparent: „Durch Sätze / sehen wir hinaus", heißt es pointiert in dem Gedicht „Fenster" von W. H. Fritz. Vergleicht man die frühen Prosagedichte W. H. Fritz', etwa in „Bemerkungen zu einer Landschaft", mit den späteren „Traumtiere" oder den Prosagedichten aus „Wunschtraum – Alptraum", so stellt man fest, sie sind härter, konsistenter und klarer geworden und haben an Evidenz gewonnen. Hier wird nicht mehr die Sprache als Erkundung vorausgeschickt, sondern der Text läßt die Gedankenarbeit Gestalt werden und schließt mit dem Gedicht ab. So z. B. das folgende Prosagedicht

> *Der Brückenbauer*
> *Wir haben Sisyphos bei einer neuen Weise zu büßen entdeckt. Er mußte als Brückenbauer arbeiten. Überall, wo er reißende Flüsse, Felsenschluchten, Abgründe fand, wo er spürte, daß seine Verzweiflung ungebührlich zunahm, versuchte er dadurch, daß er sich dem Schlaf anvertraute, Brücken zu bauen. Auch das gelang ihm immer nur ein Stück weit. Der Morgen ließ das Begonnene wieder einstürzen.*

Hier wird das Motiv Brückenbauen mit Sisyphos in Verbindung gebracht, der plötzlich eine sinnvolle Arbeit auszuüben scheint. Seine Arbeit kann er im Schlaf tun, aber dennoch hat sie keinen Erfolg, bringt kein sinnvolles Werk zustande, denn Arbeit als Strafe schafft nicht Sinn. Zwei knappe hinführende Sätze, ebenso zwei abschließende umrahmen den komplizierten Mittelsatz, der Ausdruck der verworrenen Arbeit, die von Grund auf zum Scheitern verurteilt ist, darstellt. Der Leser muß den Zusammenhang herstellen.

4

Das Gedicht ist – wie das Leben –
das Unabschließbare selbst.

Die dritte und bis jetzt letzte Akadamieabhandlung trägt den Titel „Gespräch über Gedichte" (1984), und ihr nahe steht die Rede „Mörikes Nähe" (In: Jahrb. d. Dt. Schillerges. 1975), vielleicht W. H. Fritz' schönster und verborgenster Beitrag zum Wesen des Gedichts. Fritz stellt in seiner Abhandlung die wohl unlösbare poetologische Frage: „Was ist das, diese poetische Materie, wie kommt es zu dieser Seltsamkeit?" Er gibt sodann zwei Beispiele von Annäherungsversuchen, denn mehr kann es dem Gegenstand entsprechend nicht sein, weil das Gedicht „sowohl das ganz Vertraute als auch das ganz andere" ist.

Die Beispiele erstaunen, denn zum einen beziehen sie sich auf die Dinge und zum anderen auf die Wörter. Fritz beruft sich auf Francis Ponge und sein Plädoyer für die „stummen Zeugen", die uns umgeben und „die sich nicht ausdrücken können, außer durch Stellungen, durch Daseinsformen". Ihnen gegenüber hat der Mensch bisher versagt: „nie das wirklich gesagt, was von ihnen zu sagen wäre, diese Aufgabe liegt noch vor uns". Der Dichter muß mit seinem Ausdrucksmittel, den Wörtern, über die Dinge Rechenschaft ablegen. Hier gleicht der Dichter dem Maler, etwa Cézanne, der sich in gleicher Weise den Dingen angenähert hat. Dichter und Maler müssen „im Namen der Dinge" sprechen.

Das zweite Beispiel nimmt W. H. Fritz von Henri Michaux: das Wörterbuch als Sammlung von „Knospen", welche die vielfältigen Möglichkeiten, Mensch zu sein, zeigen. Wörter als potentielle Texte, die der Dichter realisieren muß und die dann immer nur eine Möglichkeit von vielen verwirklichen.

Diesen Überlegungen folgt die Analyse einiger Gedichte anderer Autoren, und dann die Interpretation des eigenen Gedichts „Eulenspiegel".

Das „Gespräch über Gedichte" sagt uns jedoch wenig, wie ein Gedicht von W. H. Fritz aussieht, auch die Selbstinterpretation bleibt merkwürdig zurückhaltend, was verständlich ist. Mehr erfahren wird dort, wo Fritz zur Sache spricht, d. h. über einen anderen Dichter. Hier scheint mir die Rede „Mörikes Nähe" sehr aufschlußreich zu sein. Wir wissen ja erst seit einigen Jahren, und dies war eine Überraschung, wie viele zeitgenössische Dichter sich auf Mörike berufen, vor allem auf die handwerkliche Seite seiner Lyrik. W. H. Fritz hebt bei Mörike besonders die „Unauffälligkeit" als charakteristisches Merkmal hervor, die bis ins gestalterische Detail hineinreicht und seine Nähe zum heutigen Dichter und Leser bezeugen. Auffälligkeit und Überraschung sind Bestandteile der Dichtung, die sich schnell „vernutzen". Wer aber nach Erkenntnis und Klarheit strebt, wer Möglichkeiten des Lebens erkunden will, bedarf der intensiven Zuwendung und der geduldigen Aufmerksamkeit. „Der konzentrierte, empfängliche, meditative Blick" ist entscheidend, weil in ihm alle Erkenntnis sein kann. Aber diese Erkenntnis wird nicht direkt vermittelt, sondern der Leser muß sich in den Prozeß des Erkennens einschalten und an ihm teilnehmen. Hier sind wir mitten in der eigenen Poetik von Walter Helmut Fritz, und ein scheinbar so einfaches Rollengedicht wie das folgende läßt dies auch erkennen:

Der indianische Freund sagt

Wir machen keinen Wettbewerb,
Wenn einer leidet,
leiden die andern,
Wir sind gastfreundlich
und halten Wort.
Die Geister der Toten
sind uns vertraut.
Den Nutzen achten wir nicht.
Wenn wir ein Fest feiern,
sind alle dabei,
auch Kräuter, Mais und Kürbis,
der über Kiesel
springende Bach,
Antilope, Schlange und Büffel,
das Feuer und die Schatten,
die es erzeugt,
Wolke und Berg,
der Morgenwind, der sich
hinter den Ulmen erhebt,
das Grün, Gelb und Rot
des Regenbogens.
Sie alle sind unsere Geschwister

Dieses Gedicht bringt einfache Wahrheiten zum Ausdruck: kein Wettbewerb, kein Nützlichkeitsdenken, dafür Mitleiden, Gastfreundschaft, Treue und vertrauter Umgang mit den Toten. Feste werden gemeinsam mit den Dingen, mit der Natur und den Tieren gefeiert. Alles gipfelt im franziskanischen Geiste der „Geschwisterlichkeit", und wir haben hier einen „Sonnengesang" unserer Zeit, geprägt durch Solidarität, die umfassend ist. Betroffen reagiert der Leser, denn zwischen den Zeilen erkennt er unsere ganz anders verfaßte Welt- und Denkstruktur, überall muß er gestehen: bei uns ist es – leider – anders.

W. H. Fritz geht es darum, Möglichkeiten aufzuzeigen in unserer Welt, was nicht gleich ist mit utopische Inseln zu konstruieren. In dem programmatischen Gedicht „Lichtenberg", das viel über Fritz' eigene Dichtung sagt, lauten die beiden abschließenden Versgruppen:

„Den Menschen
verstand er als das Wesen,
das die Möglichkeit hat,
sich zu täuschen.

Vieles komme darauf an,
sich diese Möglichkeit
zunutze zu machen."

Möglichkeiten schließen immer zugleich das Risiko und die Täuschung mit ein, und in seiner Interpretation des berühmten Gedichts von Marie Luise Kaschnitz „Nicht gesagt" (Frankfurter Anthologie, FAZ vom 26. 1. 85) führt W. H. Fritz seine eigene Poetik noch weiter aus, wenn er von Vergessen und Versäumnissen spricht, die unvermeidbar sind, weil immer nur „Annäherungen, Winke, Hinweise – Versuche" möglich sind, die stets die Täuschung mit einschließen, denn alles menschliche Tun bleibt fragmentarisch, und oft können wir nur „Unlösbares ins Licht rücken". Aber gerade, wenn ein Kunstwerk die Möglichkeit und Gefahr des Mißlingens ins Bewußtsein hebt, betrifft es uns um so mehr. Deshalb bei Fritz auch so oft das Problem des Fehlers und des Fehlermachens in seinen Texten.

5

... Die Worte kennengelernt
als Möglichkeiten, die jeden Tag
fremdartiger werden ...

Die Gedichte von Walter Helmut Fritz haben sich seit 1956, als sein erster Gedichtband erschien, verändert. Gleichgeblieben ist die genaue Feststellung und Bekundung, verbunden mit Diskretion. Gesteigert haben sich Knappheit, Lakonie und Aussparung. Seltener sind Matapher und Chiffre geworden. Neu ist hin und wieder ein Anflug von Humor.

Knappheit, Präzision und jene Offenheit, die den Leser provoziert und ins Gedicht hineinzieht, zeigt das folgende Gedicht:

Vergleich

Wiegt die Erde
schwerer
als ein Reiskorn?

Nein.

Ist ein Königreich
dauerhafter
als eine Blüte?

Nein.

Gibt ein Haus
mehr Schutz
als ein Satz?

Nein.

Wie kannst du
das beweisen?

Zwischen den vier Versgruppen haben wir jeweils ein hervorgehobenes, isoliertes „Nein". Die Graphik des Gedichtaufbaus ist klar ausgebracht und hebt deutlich Frage und Antwort hervor. Jede Versgruppe stellt mit einem einfachen Fragesatz eine Frage. Der Adressat wird erst in der vierten Versgruppe als „du" benannt. Die Fragen steigern sich hinsichtlich der Eindeutigkeit der Antwort. Soviel hartnäckiges Fragen macht unsicher. Materiell betrachtet, wiegt die Erde schwerer als ein Reiskorn, dauert ein Königreich länger als eine Blüte und gibt ein Haus mehr Schutz als ein Satz. Aber dreimal wird die jeweilige Frage entgegen der Erwartung lakonisch, d. h. ohne Erläuterung, verneint.

Nach so vielen Fragen erwartet der Leser eine Antwort, wird aber enttäuscht, denn die letzten zwei Verse stellen erneut eine letzte Frage, die dem Beweis der Verneinungen gilt und zugleich den Leser irritiert, denn eigentlich müßte der, der hier verneint, selbst die Antwort geben. Stattdessen fragt er das „du" nach dem Richtigkeitsbeweis für seine seltsamen Behauptungen.

Der konzentriert und vielleicht überrascht dem Fragen- und Antwortspiel folgende Leser distanziert sich und fragt, ob dieses „du" am Schluß des Gedichts etwa gar nicht an ihn gerichtet ist? Dann hätten wir es mit einem Selbstgespräch, einem Dialog des Dichters mit sich selbst zu tun? Der Leser wird distanziert, aber gerade dadurch zur Reflexion und zur Erkenntnis gezwungen, denn der Sachverhalt ist nicht einfach. Nur ein Dichter kann behaupten, ein Reiskorn wiege schwerer, oder gleich schwer wie die Erde; eine Blüte sei so dauerhaft wie ein Königreich, und ein Satz gebe soviel Schutz wie ein Haus. Der Dichter ist in der Welt der Sprache zu Hause. Er weiß um ihre bergende Kraft, aber auch um ihre Gefährdung. Und dem Dichter geht es um die Wertfragen in dieser Welt, und dann können eine Blüte gewichtiger und dauerhafter für den Menschen sein als die Erde oder ein Königreich. Aber läßt sich dafür ein Beweis erbringen? Im streng wissenschaftlichen Sinne sicherlich nicht. Aber wie dann? Die Lakonie und Offenheit der Schlußfrage stellt eine Herausforderung dar und setzt den Leser in Zugzwang, selbst den Beweis zu erbringen – vielleicht durch seine persönliche Haltung und Lebenseinstellung. Der Titel des Gedichts gibt noch einen weiteren Hinweis.

Der Vergleich ist nicht nur das gängigste Verfahren, im Bereich des Ästhetischen zu Einsichten und Wertungen zu gelangen, sondern auch im Leben. Durch Vergleichen vermögen wir zu werten und zu entscheiden. In diesem Gedicht wird dieses Verfahren nicht nur thematisiert, sondern auch beispielhaft durchgeführt. Wir haben es also mit einem Gedicht zu tun, das eine wesentliche Frage zum Thema Ästhetik, Dichtung und Leben gestaltet, aber diese poetologische Frage wird so sinnensättigend präsentiert, daß sie uns nicht nur eine Erfahrung mitteilt, sondern sie für uns schafft, und uns zugleich zur Erkenntnis führt. Alles Fragen, ob dies nun ein mehr gefühlsbetontes oder ein intellektuelles Gedicht, ein hermetisches oder politisches Gedicht ist, Gegensätze, die vielleicht in der Vergangenheit wichtig waren, greifen hier nicht. Entscheidend ist die Evidenz dieses Gedichtes – es gehört zu den jüngsten von W. H. Fritz – und sie überzeugt.

6

Angenommen, sie hätten die Lösung gefunden –
was hätten sie damit gewonnen?

1961 schrieb W. H. Fritz in einem Zeitungsbeitrag: „Der Rang von Literatur erweist sich daran, ob man mit ihr leben, ob man mit ihr nachdenken und sich wundern, ob man mit ihr Starres in Bewegung bringen kann". Dies ist ein herausforderndes Programm, denn hier wird kanonisierte Modernität, die auf das Düstere und Hoffnungslose – oft schon klischeehaft – eingeschworen ist, überschritten. Stattdessen finden wir ein insistierendes, erhellendes Darstellen und Fragen nach der Grundbefindlichkeit unseres Daseins.

Dies gilt auch für die Grundkonzeption der Prosa, und ein Schriftsteller, der so die Grenzen zwischen den Gattungen niederreißt, weil sie ihm für Dichtung der Gegenwart als unwesentlich erscheinen – schreibt auch eine charakteristische neue Prosa. Der Zugang zu ihr ist nicht leicht, denn der an traditioneller Prosa geschulte Leser vermißt eine auffällige Handlung. Er sucht vergeblich nach psychologisch strukturierten Personen oder gar nach einem Helden des Romans und einer kausal- oder finalbegründeten Entwicklung. Stattdessen finden wir in den Romanen von W. H. Fritz konzentrierte Abschnitte, wenige Motive, engumgrenzte Schauplätze, wenige Gestalten, zahlreiche Aussparungen durch Zwischenräume, die vom Leser auszufüllen sind, und dabei ist gerade das, was zwischen den Zeilen und Abschnitten steht, wichtig. Nicht zufällig trägt der kleine Band Prosa aus dem Jahre 1964 den Titel „Zwischenbemerkungen", und immer wieder wird der Augenblick, der angehaltene Moment zum gestalterischen Mittel. „Das alles könnte überall und zu jeder Zeit gewesen sein", heißt es einmal in „Umwege", einer anderen Sammlung von Prosa.

Wer Gedichte und Prosagedichte von W. H. Fritz kennt, findet leichter den Zugang zu seinen Romanen, die wesentliche Strukturen der Gestaltung und der Sprache mit der Lyrik teilen.

Der erste Roman von W. H. Fritz trägt den Titel „Abweichung", und dies kann sowohl inhaltlich wie auch als ästhetisches Programm verstanden werden. Das Geschehen im Roman ist wenig auffällig: er erzählt die Geschichte einer Liebe, einer Ehe und der gegenseitigen Entfremdung. Wir erfahren nicht die Namen der Personen, weil ihnen keine Bedeutung zukommt. Sie suchen eine Wohnung, ziehen in ein Hochhaus. Der Alltag packt sie. Vergangenheit wird erinnert,

Gegenwart ins Bewußtsein gehoben. Über dem ganzen Geschehen steht das provozierende Motto von Italo Svevo, einem Lieblingsdichter von W. H. Fritz: „Es gab da etwas, das abwich".

Dies kann man auf die Romangestaltung beziehen, welche die herkömmliche Erzählkonvention völlig durchbricht, auch wenn man moderne französische Erzählmuster dahinter findet. Der ganze Roman besteht aus Sprachbewegungen, die sehr genau kalkuliert sind, einander ergänzen oder sich widersprechen. Eine „Abweichung" vollzieht sich auch darin, daß die Personen Absichten und Wünsche haben, die sich nicht realisieren lassen, weil sich Fremdes und Auseinanderstrebendes zwischen sie drängt.

Wenn man die Kernfrage aus W. H. Fritz' Essay über Robert Pinget, einen Autor des „Nouveau Roman", auf den Roman „Abweichung" anwendet und fragt, was für eine literarische Figur, was für eine Stimme letztlich aus diesem Roman spricht, dann könnte man antworten: Leben wird hier vorgeführt als realisierte Möglichkeit unter vielen.

„Abweichung" impliziert den Konjunktiv und führt Möglichkeiten vor, wobei immer erkennbar bleibt, daß alles offen ist. So wird dieser Roman zu einem großen Rate- und Rätselspiel für den Leser, der fasziniert wird von der Offenheit und Vielfalt des Lebens, wie es hier vorgeführt wird, und der reflexiv eingestellte Leser erspäht auch in den Zwischenräumen die Alternativen.

Die Sprache ist unauffällig-sparsam. Understatement, Andeutung und Abbreviatur kennzeichnen sie. Wir haben es mit einem Kurzroman zu tun, mit Prosa, deren Form ihre Wurzeln in der Poetik des Symbolismus hat.

W. H. Fritz Essay über Robert Pinget endet mit einer Bemerkung von Maurice Merleau-Ponty, dem bedeutenden französischen Philosophen: „Der heutige Humanismus stellt der Religion keine Welterklärung gegenüber ... Er ist die methodische Ablehnung von Erklärungen, weil sie das Gemisch, aus dem wir gemacht sind, zerstören". Und Fritz fügt hinzu: „Das 'Gemisch', das sich als solches begreift vor allem auf seiner Suche nach dem Entschwundenen, bei seinem Versuch, das unablässig Entschwindende wenigstens für Augenblicke zum Bleiben zu überreden".

Diese Ausführung könnte man auch zum Verständnis des zweiten Romans von W. H. Fritz verwenden. Er trägt den Titel „Die Verwechslung" (1970). Was wird hier verwechselt? Welches 'Gemisch' an menschlicher Substanz kommt hier zum Ausdruck? Im Mittelpunkt des Geschehens steht eine Frau. Alles wird aus ihrer Perspektive gesehen. Sie wurde nach ein paar Jahren Ehe von ihrem Mann verlassen. Jetzt ist sie verstört und verunsichert. Sie denkt nach, evoziert Vergangenheit, rekonstruiert Erlebnisse, und der Leser weiß nicht, warum nun der Mann seine Frau verlassen hat, denn wir bekommen ihn nur in der Spiegelung durch die Frau zu Gesicht und hören ihn nicht selbst. Diese radikale Perspektive zwingt den Leser zu sehr reflektierter Lektüre. Er muß die monologischen Vermutungen, Nachforschungen und Befragungen aufmerksam verfolgen. Kann dies alles möglich sein? Ist nicht alles beständige „Verwechslung"? Welche Rolle hat die Frau in dieser Ehe gespielt? Die Überraschung bleibt nicht aus, denn wir erfahren von der Möglichkeit, der Mann sei gar nicht weggegangen – alle Überlegungen dieser Frau seien nur eine einzige Vermutung. W. H. Fritz greift hier ein Thema auf, das sich schon in den „Zwischenbemerkungen" findet, wo er uns in wenigen gedrängten Zeilen einen Mann vorstellt, der mit knapper Not ein Zugunglück überlebte. An das Krankenhaus und an die Operation, sowie an alle Ereignisse in diesem Zusammenhang denkt er einige Monate danach zurück: „Schließlich fiel ihm ein, daß der Unfall und die Zeit im Krankenhaus vielleicht nur eine Vermutung waren". Was bedeutet dieses Spiel? Der Alltag wird hier als eine Summe von Möglichkeiten und Täuschungen, die aufgehellt werden müssen, verstanden. Der Mensch in der ständigen Begegnung und Auseinandersetzung mit Vorgegebenem, das es zu ordnen gilt. Immer wieder die Frage, könnte nicht alles auch anders sein? Der Leser muß sich fragen, ob diese Frau eine Mitleid verdienende Gestalt ist, oder ist sie letztlich eine listige Erfinderin, die sich ihr Geschick vorspielt, und wenn ja, wozu dann?

Dem Inhalt entspricht die Gestalt des Romans: kurze Kapitel, knapp skizzierte Dialoge, mehr Erzählkabinen als kontinuierlicher Text. Alles zielt auf Omnipräsenz, d. h. es gibt kein Nacheinander, sondern immer nur ein Zugleich, wie es das Bewußtsein des Menschen darstellt, das stets ein So-könnte-es-gewesen-sein, aber auch anders, einschließt. „Er ist da, er ist nicht da. Sie weiß schon nach einigen Augenblicken nicht mehr, was stimmt", lautet der Schluß des Romans.

Im Mittelpunkt des Romans „Die Beschaffenheit solcher Tage" (1972) steht der Physikdozent Kellermann. Er möchte nach zehn Jahren mit seiner Frau wieder nach Korsika fahren, aber eine Kniegelenkentzündung zwingt ihn schon in der Schweiz zur Umkehr, aber auch zum Nachdenken über die Vergangenheit und die eigene Situation. Das Ehepaar Kellermann wird zwar die Reise noch einmal versuchen, denn Korsika ist das Land der Erinnerung, die es einzuholen gilt. Hinter Korsika steht noch ein anderes großes Land, „Pamir", das die Kellermanns durch Fernsehen und Bilder kennen lernten. Aber man darf das Motto des Romans nicht übersehen: „Hinlänglich Stoff zum Stillschweigen", ein Wort Georg Christoph Lichtenbergs. Denn was hier geschieht, ist Stoff zu Gedanken über das Verhältnis von Alltag und Imagination, über die Veränderungen des Bewußtseins eines Fünfzigjährigen, über Älterwerden, Sterben und Tod. Daß

W. H. Fritz ein Meister im Verschweigen ist, zeigt er auch in diesem Roman. Dies läßt sich aber nur bewerkstelligen, wenn man so distanziert und verschwiegen schreiben kann wie er, und mehr durch das Wie der Gestaltung als durch das Was des Stoffes mitteilt.

Mehr an Erfahrung und Realität bringt der Roman „Bevor uns Hören und Sehen vergeht" (1975). Er steht unter dem Motto „Keine Beredsamkeit" von Robert Walser und zeichnet sich ebenfalls aus durch Konzentration und Reduktion. Er spielt im Heidelberg der ausgehenden 40er Jahre. In dieser Universitätsstadt studiert Werner Neubach, die Hauptfigur. Auf der Reise von Bruchsal nach Heidelberg lernt er eine junge Frau kennen. Sie ist Journalistin, wäre aber gerne Ärztin geworden. Damit sind die beiden wichtigsten Romanfiguren eingeführt. Neubach lebt im Alltag des Universitätsgeschehens, besucht Vorlesungen und Seminare, geht in die Mensa, ins Café, führt Gespräche, knüpft Verbindungen zu Frauen und Kollegen. Die Nachkriegszeit ist spürbar, und ihre Atmosphäre wird gut eingefangen.

Obwohl hier sicherlich viel Autobiographisches untergebracht ist, vielleicht auch Aufzeichnungen von damals nachwirken, und eine Thematik ausgebracht wird, die in die 70er Jahre gehört, hebt der Erzähler doch das ganze Geschehen weit von sich ab und erzählt in der Er-Form. Oder ist diese Erzählweise intimer, als man gemeinhin annimmt? In einem Netz von Beziehungen erkennt Neubach plötzlich, daß es für ihn darauf ankommt, mehr von sich selbst Abstand zu nehmen und sich als Mitmensch zu verstehen. Voraussetzung für diese Einsicht ist die ruhige meditative Einstellung zum Leben. „Er merkte, wie die Aufmerksamkeit sich schärfte, wenn wenig geschah". Dies ist ein charakteristischer Satz, der auch über dem Gesamtwerk von W. H. Fritz stehen könnte und in die Tiefen dieses Romans verweist, denn er wurde geschrieben, um den Tod zu verscheuchen. „Wer hörte und sah und wußte, wie wichtig es ist, zu sehen und zu hören, bevor uns Hören und Sehen vergeht". Mit diesem Satz schließt der Roman und eröffnet zugleich aus der Retrospektive eine neue Dimension.

Das neueste Werk von W. H. Fritz, „Cornelias Traum" (1985) ist eine Sammlung von Aufzeichnungen, Skizzen, Momentaufnahmen und auch Prosagedichten. Augenblicke des Sehens, Hörens und Denkens werden festgehalten. Alltägliches, Gegenständliches und Handwerkliches wird erkennbar. Es sind Texte zum Nachdenken und Weiterspinnen, und sie sind dort am Packendsten, wo das Konkrete und die sinnlichen Erfahrungen von selbst transparent werden auf eine geistige Welt hin.

Fragen wir zum Schluß nach der Figur und der Stimme hinter dem Gesamtwerk von W. H. Fritz. Sie ist verhalten und unauffällig, wirbt um einen Leser, der sich ebenso aufmerksam wie aufnahmebe-